U0058819

逃出九號公墓 III

全面獵殺

藍色水銀 著

天空數位圖書出版

目次

壹：移魂入體 1

貳：行蹤曝光 7

參：改頭換面 13

肆：召喚冤魂 19

伍：軍中慘劇 27

陸：小國淪陷 33

柒：跨國合作 41

捌：全面獵殺 47

玖：女巫末日 51

拾：逃回原處 55

拾壹：鬼后再臨 59

拾貳：鬼妃重現 67

拾參：陣地轉移 73

拾肆：密謀奪權 81

拾伍：江山易手 87

拾陸：核彈風暴 93

拾柒：三軍戒備 101

拾捌：電眼發威 107

拾玖：回首前塵 113

貳拾：后妃之爭 119

貳拾壹：金蟬脫殼 125

貳拾貳：計誘鬼后 131

貳拾參：魂飛魄散 139

貳拾肆：再遊鬼地 147

後記 152

壹：移魂入體

這是一個平常的夜晚，美國總統按時睡覺，但有一個人正在等他入睡，葉涼的靈魂早就在他的房間等候，他看著總統看電視、洗澡、打電話，耐心的等待，終於等到這一刻的來臨，總統很快的入睡，他躺在一張大床上，只有他一人，葉涼等到他的呼吸變慢了之後才上他的身，也就是移魂入體，接著讀取他的一切記憶，包括所有習慣，以確保不被發現。

國安會議上，沒人知道總統的靈魂已經被掉包，現在是葉涼在控制他的身體。

「今天的會議只有一個重點，找到白雁。」葉涼說。

「她很難找。」國安局長面有難色地說。

「我有辦法，你們配合就可以。」葉涼說。

「怎麼找？」林國豪問。

「把陳金海找回來，他要什麼就給他什麼？務必要找到白雁，不能再讓她危害世界了。」葉涼說。

「難道沒有別的辦法了？我們也有很優秀的女巫啊！」國安局長雙手一攤，一臉無奈。

「說來聽聽。」葉涼說。

「雪莉家族五姊妹可以幫我們，可是她們獅子大開口，要求每人一億美元的酬勞。」林國豪說。

「這種見錢眼開的女巫，說不定會跟白雁合作，到時先控制美國，再控制全世界，你，願意承擔這個責任嗎？」葉涼冷冷地看著國安局長說。

「應，應該不會吧！？」國安局長的語氣已經給了答案。

「你這麼沒信心，是不是有隱情？說！你可以拿多少回扣？」葉涼狠狠地瞪著他。

「沒，沒有。」國安局長繼續支支吾吾。

「還是你串通他們，想要跟白雁合作，拿下政權？」葉涼顯然想逼國防部長說真話。

「我，我，我沒有。」國防部長嚇得冷汗直流。

「這裡是你跟他們串通的證據，還有什麼要說的？」林國豪拿出一疊資料，並把影片播放在牆上的電視。

「還要狡辯嗎？」葉涼瞪著他說。

「既然都罪證確鑿了，還找我來幹嘛？」被拆穿的他，似乎不想承認錯誤。

「我只是要你親口承認，不然怎麼把你關進牢裡。」葉涼冷冷地說。

「我是被白雁逼的，她用我的大孫女，當成她現在的身分，這樣就可以大搖大擺進入國安局。」

「早點說出來，就不會這麼難看了，不是嗎？」

「她威脅我，不合作就殺掉我全家，我也是不得已的。」國防部長低著頭，像個做錯事的小孩般在罰站。

「國豪，體制內還有那些人被白雁控制了？」

「在這裡，總共一千三百八十七人。」林國豪指著一本厚厚的名冊。

「這麼多？看樣子，白雁的目的應該就是統治世界了。」葉涼若有所思的看著資料。

一個秘密的場所，葉涼跟陳金海單獨見面。

「好久不見了。」葉涼說。

「沒想到你換了身分。」陳金海說。

「這些人都被她控制了，該怎麼辦？」桌上一本厚厚的名冊。

「將計就計吧！」陳金海用螢光筆畫了幾十個重要的人物的名字。

「就這麼辦，還需要什麼資源嗎？」

「國豪可靠嗎？」

「為什麼這麼問？」

「我希望你扶植他成為下一任總統。」

「他還太年輕，下下任吧！」

「好。」

「又是天機不可洩露？」

「知道還問！」

被做記號的官員，他們集中在一個會議室，等待了一會之後，他們的靈魂被抽離自己的肉身，並被收進葫蘆裡，接著陳金海放出一些李靖部署的靈魂，讓他們附身在那幾十個重要的人物身上，一部分則又回到葫蘆裡。

「記得，不要私自行動，假裝配合白雁，等到我跟陳金海大師到場才能攻擊白雁，知道了嗎？」李靖對這些人說。

「知道了。」幾十個部署異口同聲的回答。

「去吧！你們知道該怎麼辦。」李靖說。

這些人回到自己的位置上，開始蒐集白雁的情報，並不定時對林國豪報告。

貳：行蹤曝光

陳金海的計謀成功找出白雁的行蹤，意外發現她使用的是男人的身體，也就是 Kevin 的身體與身分，難怪之前都找不到她的行蹤，而 Kevin 的靈魂早就被白雁監禁在葫蘆中。

「這個男人叫做 Kevin，是白雁目前附身的對象，大家要小心一點，別輕易暴露自己的身分，她的法力不是你們可以應付的。」李靖告誡那些潛伏在官員身體中的部署，不能輕舉妄動。

「有什麼計畫？」陳金海問。

「飛雪他們什麼時候到這裡？」李靖問。

「明天。」

「你的師兄弟呢？」

「部分明天，後天全部到齊。」

「用包圍三層的方式可以嗎？」李靖問。

「很勉強，以她現在的能力，恐怕會讓我們手忙腳亂。」

「你擔心她又會放出靈魂？」

「不，是軍隊，她已經掌控 Kevin 的基地，我猜全部的軍人都會聽命於她，所以只能在軍隊之外的地區偷襲她。」

「萬一她不離開那裡，我們不就沒機會下手。」

「還有一個辦法，趁睡覺時間，把這些軍人的靈魂全部抽離，不過這樣他們全都會死。」

「這個方法有風險，還是想辦法偷襲吧！」

「國豪，該你了。」陳金海說。

「這是 Kevin 的日常行程表，他每天都會去一個地方，那裡是你們偷襲的最佳地點。」林國豪拿出一張資料。

公園裡，火紅的楓葉非常美麗，地上也有許多落葉，但只有幾個遊客，人工湖畔的椅子上，Kevin 望著美麗的夕陽，湖面上幾十隻白天鵝，這是白雁最像個正常人的時候，因為，她的腦海裡出現了生前的畫面。

「這晚霞漂亮嗎？」李靖問。

「非常漂亮。」白雁說。

「我們在一起多久了？」李靖深情地看著她。

「三年半了。」

「想要進我的家門？還是繼續當妳師父的徒弟？」

「我還有些法術還沒學會。」

「它們比我重要嗎？」

「我想學會再嫁給你。」

「還要多久？」

「至少三年吧！師父有她的節奏。」

「好吧！就三年。」兩人在夕陽下依偎著。

正當白雁想起往事的同時，李靖跟陳金海已經悄悄來到她的身後。

「出來吧！李靖，你還記得這一幕吧！你跟我還沒成婚之前，也是在一個湖畔。」白雁直接放棄 Kevin 的肉身，靈魂出竅並在一隻天鵝身上站著。

「妳知道我們要來？」李靖非常驚訝。

「哈～哈～哈～我身邊的眼線，比你們想像的要多。」白雁非常得意自己的能力。

「乖乖束手就擒吧！」

「想得美，動手。」白雁大喊一聲，數十個軍人從地面上的偽裝突然出現，朝他們瘋狂開槍，眾人大驚失色，李靖跟陳金海立即抽離自己的肉身，用靈魂的方式攻擊那些軍人，雖然短短的幾秒就將他們全部制服，可是那些師兄弟卻死了十多人，無奈之下，只好讓他們附身於軍人身上，而白雁則是控制一群天鵝，飛向天空，留下錯愕的李靖跟陳金海等人，看著白雁消失。

參：改頭換面

白雁逃走之後，為了不被發現，連 Kevin 的身分都放棄，而且她也不喜歡用男人的身體，所以一直在找尋合適的替身，電視上正在播出精神病院的採訪，她心中已經有了答案。

「時光倒流。」白雁到了精神病院，找了一個白人女性施法術，年約十八歲，金髮碧眼，可是兩眼無神。

「活體寄魂。」這下她有身體可用了，為了不被懷疑，她利用得來的記憶，找到了那女孩的家。

「辛蒂？妳怎麼回來的？」白雁按了電鈴，應門的是辛蒂的母親，她既興奮又意外。

「搭便車，走路。」

「先進來吧！醫院那邊怎麼說？」

「我沒讓他們知道我已經恢復正常。」

「妳真的沒問題嗎？」

「我沒問題的。」白雁從記憶中找到一個片段，她用相同的方式擁抱她的母親。

「這是妳最常跟我撒嬌的方式，妳真的正常了。」她的母親高興的流下眼淚。

「如風，最近有什麼進展？」飛雪問。

「白雁控制的空軍基地，你們要趕快拿回控制權，她已經換了一個身分，是個很漂亮的白人女孩，年約十八歲，金髮碧眼、額頭很高、鼻子很尖、瓜子臉、身材曼妙。」如風仔細的敘述了辛蒂的樣子。

「空軍基地的事要通知陳金海師傅。」

「我知道，這不是問題，問題在於這個女孩。」

「怎麼說？」

「白雁似乎可以立即知道我在感應她，因為這個女孩的腦波頻率跟我幾乎完全相同。」如風一臉擔憂。

「這樣會有什麼問題嗎？」

「有兩種可能，第一種是她會給我錯誤的訊息，第二種是她可能會封閉訊息的傳遞。」

「那怎麼辦？」飛雪著急地問。

「暫時別動作，用科技解決吧！」

「我不懂？」

「乾爹現在附身在美國總統身上，請他運用龐大的情報系統可能比較快。」

「好吧！我來安排。」

「幫我找一個素描高手，畫一張像比較容易找。」

「好方法。」

陳金海接到消息之後，立即停止手邊的工作，先處理空軍基地的事，他化成基地指揮官，將眾人集合在一起。

「請大家注意這邊，不要分心。」陳金海站在台上透過麥克風說，李靖則在高處準備施法。

「萬魔迷圖，放。」瞬間眾人被罩在一個黃色的能量罩中，並對罩頂的美麗開始著迷。

「前世今生倒轉。」每個人的靈魂都出竅，並在自己的頭頂上快速旋轉。

「清洗記憶。」李靖身後，是九五幻術會的人，他們都結手印，提供李靖能量。

「移植記憶。」過了一會，他們的靈魂紛紛回到身體中，並有了李靖給他們的記憶。因為白雁離開的時候，沒有交待聯絡的方式，所以沒有人通知她，於是整個基地的人都被清洗記憶，並且調派別的部隊來接手，重新訓練這些人。

總統找來了中央情報局的局長，拿出了一部平板電腦，上面是辛蒂的素描。

「盡快找到這個女孩。」總統說。

「這有點困難吧！」情報局局長說。

「我不管，她是個重要的人物，一定要趕快找到。」

「我盡力就是。」

「不是盡力，是一定要趕快找到她。」

「我懂了。」情報局局長摸摸鼻子說。

中情局接受任務之後，用了許多方式去找辛蒂，但因為辛蒂在政府的檔案照片是十歲的樣子，所以沒有被比對出來，而且她剛回家，沒有出門，所以在各學校的比對也沒有結果，找了快十天都沒有結果，局長召開會議。

「這太奇怪了，沒有資料，也沒上學。」局長說。

「會不會是失蹤人口？」一位幹部說。

「那就去查啊！」局長不悅地看著他。

「已經聯絡警方了。」

「到底為什麼？要如此大費周章。」

「不知道？繼續找就對了。」

「人臉辨識系統呢？」

「目前沒有結果，還要三天才能跑完第一遍。」

「這麼慢？」

「這麼多案子要辦，速度當然沒辦法快。」幹部雙手一攤，表示他也無能為力。

肆：召喚冤魂

換了新的身體，白雁找到了一個棒球場吸收能量，或許是因為辛蒂的關係，她吸收能量的速度非常快，就像在德國安聯球場時那樣，雙臂張開的她，頭看著月亮的方向，能量迅速集結在球場上方，才一會，她就覺得能量已經充飽，於是她拿出一個空的葫蘆，打開蓋子。

「方圓一里之內的冤魂，速來此地。」她唸了幾次之後有了作用，數十個冤魂被光絲迅速地吸到她的面前。

「我叫辛蒂，是我召喚各位來的，想繼續當鬼的請離開，想要重新當人的留下。」所有的冤魂都留下了。

「很好，需要報仇的到我的左邊，排隊說明原因，其他的到右邊等待。」八個冤魂想要報仇。

「我被姦殺，我好恨那些人。」一個衣服破爛的女鬼說。

「放心，馬上就幫妳處理。」白雁拿起水晶球，把時間轉到她受害前的時光。

「就是他們三個。」女鬼指著水晶球大喊。

「妳想怎麼辦？」白雁冷冷地看著她。

「將他們碎屍萬段。」她緊握拳頭，咬牙切齒地說。

「沒問題，不過，妳要怎麼報答我？」白雁轉頭問。

「我願意永遠追隨妳。」

「很好。」白雁雙手高舉，三道金絲衝向天空，沒多久那三人就被吸到球場中央，並跪著面對白雁。

「你們知錯嗎？」白雁問。

「妳，妳不是已經死了？」其中一人嚇得魂都飛了。

「我是死了，現在輪到你們三個。」

「動手吧！」白雁拿出一把刀給了那女鬼，情緒失控的女鬼舉起刀，亂刀砍死其中一個，另一個想逃跑，但被白雁控制住了，女鬼接著一刀砍斷他的右手，再將刀往他臉上砍了數刀，最後砍到氣管的位置，他抓著脖子斷氣，最後一人嚇到尿褲子，女鬼一刀刺中他的命根子，歇斯底里般地朝他的身上狂砍了近百刀才罷手，白雁在一旁看了也覺得不捨，這麼深的怨氣也是她前所未見。

「魂飛魄散，化。」等女鬼停手之後，白雁將三人的魂魄都打散了，讓他們永無翻身的機會。

「我被姦夫淫婦下毒害死，我希望他們兩個遭受天打雷劈，我也願意永遠追隨妳。」一個男鬼臉色發黑說。

「是他們兩個嗎？」白雁將水晶球轉到他家中的主臥室，一男一女正在做愛。

「是。」

「呼雷引電，中。」白雁高舉雙手之後，雷電交加，其中一道閃電打中那對正在做愛的男女，兩人瞬間成為焦屍。

「魂飛魄散，化。」這兩個冤魂也消失了。

「我被黑社會從高樓丟下，所以死狀淒慘，我希望他們跟我一樣的死法，我也願意永遠服侍您。」面目全非，血肉模糊的鬼，只剩下右邊的臉說。

白雁將水晶球轉到一棟大樓外面，接著是這個冤魂被人從頂樓丟下，尖叫到死亡的畫面。

「總共有十幾個人，可是現在只有其中九個在那裡。」白雁說。

「九個就九個吧！」這個冤魂雖心有不甘，但也認了。

「魂不守舍，去。」一個人眼神呆滯，打開窗戶，強風吹進辦公室，所有的紙張都飛起來，他毫不猶豫，直接從五十幾層樓高的地方跳下，而且沒有尖叫，其他八人也陸續跟著跳下，屍體堆疊在一起，旁邊都是他們的血，還緩緩流出，染紅了人行道，那情景讓人不寒而慄，路人紛紛走避，只見一樓的警衛拿起電話連忙報警。

「魂飛魄散，化。」白雁輕揮右手，九個冤魂也消失無蹤，沒有投胎轉世的機會了。

「我被繼父凌虐致死，他還把我的屍體丟到河裡。」一個女孩口齒不太清楚地說。

「看得出來。」因為她腫的跟米其林寶寶一樣。

「我希望他死在河裡，屍體被魚吃光。」

「沒問題，妳也願意永遠追隨我嗎？」她點頭不語。

「讓我看看，這是妳的繼父嗎？」她又點頭不語，水晶球內，一部車正開在蜿蜒的山路，忽然失控掉進河裡，男人尖叫後就發現已經在水裡，沒多久，他就因為失溫無力掙扎，漸漸沉入水中死了。

「因為他是淹死的，我沒辦法幫妳把他的靈魂消滅。」白雁看著小女孩。

「沒關係，這樣就好了，謝謝姊姊。」米其林女孩滿意地微笑，那樣子真的很詭異。

「姊姊？哈～～～」白雁笑的很開心，也因為如此，她就陸續完成了其他冤魂報仇的心願。

「妳是怎麼死的？」白雁問一個貌美的墨西哥裔女人。

「那個庸醫，塞了兩個品質不良的水球在我的胸部，水球破了之後，我的身體開始潰爛，妳看。」她把衣服脫掉，卻見胸部的位置已經見骨，樣子非常恐怖。

「把衣服穿上吧！妳想怎麼報仇？」白雁問。

「我要他跟我忍受一樣的痛苦，數萬隻蒼蠅的幼蟲在他身上鑽動。」她面無表情的說出可怕的要求。

「這有點難度，等我一下。」水晶球找到了庸醫，並在幾公里外找到了一處屠宰場。白雁隔空將庸醫拉到那裡，拿剛剛那把刀給女鬼。

「把他的上衣解開，朝他身上多砍幾刀，我等等做法讓蒼蠅過來下蛋。」白雁說。女鬼用力的砍著庸醫，直到血肉模糊，還不肯罷休。

「夠了嗎？」白雁似乎有些不耐煩了。

「可以了。」她把刀子往庸醫的心臟插進去。

「飛蠅速來，肥肉在此。」白雁雙手朝天，片刻便招來數千蒼蠅，它們密密麻麻地停在庸醫身上嗡嗡地吸食。

「滿意了嗎？我可沒空等那些幼蟲出生。」白雁臉臭臭地看著她。

「謝謝姊姊。」

其他的也順利復仇，白雁忽然覺得能量不太夠了。

「好啦！你們八個都完成心願了，先進去葫蘆裡面休息，等適當時機，我再讓你們重生。」

「謝謝辛蒂姊姊。」白雁笑得更燦爛了，隨後他們全都被收入葫蘆裡。

「目前還沒有辦法讓各位重生，但我會盡快安排，有任何問題嗎？」

「沒有。」其他冤魂都沒有問題。

「那就請你們也進入葫蘆裡面吧！」白雁就這樣以辛蒂的模樣復出，並開始招兵買馬。」

伍：軍中慘劇

白雁拿出水晶球，想知道軍中的情況，卻看見陳金海、李靖跟師兄弟正在施法術，幫軍人清除記憶，此舉激怒了白雁。她獨自一人，來到棒球場，雙手高舉，吸飽能量之後，數十萬道白色絲狀光芒朝天際衝去，接著各自找到一個軍人，白色光絲纏繞著他們的身體，片刻之後，白雁一聲：「靈魂出竅，收。」白色絲狀光芒將數十萬軍人的靈魂帶走，這些靈魂旋即圍繞在白雁身旁，並一一被葫蘆吸入。

「想跟我鬥？看你們怎麼收拾殘局，哈～～～」白雁邪惡的眼神伴著狂笑。

這麼大的事，很快就傳到總統那裡。

「三十多萬軍人都變成植物人了。」林國豪說。

「那是他們的靈魂被白雁抽走了。」葉涼說。

「那該怎麼辦？」

「看來，我只好出手了，幫我安排一下，我要用阿靈頓的AT&T 體育場，分成四次，每次運送八萬到九萬人。」

「你想怎麼做？」

「召喚捐軀的愛國軍魂，我要讓他們重生。」

「這樣好嗎？」林國豪似乎不太贊同。

「難道你要讓國家照顧這三十多萬人？還是讓他們死亡？」

「可是這樣會有問題的。」林國豪非常擔心後果。

「我知道，但這是權宜之計。」

「好吧！我會盡快安排。」雖然千百個不願意，林國豪也只有接受的分，因為沒有更好的方案了。

將近四十萬人聚集在體育場外，兩人至四人一組，有的推輪椅，有的用擔架，將九萬失去靈魂的軍人安置到定位，幾個小時之後，所有的人已經就位，負責搬運的人都已經退到體育場外，葉涼走到體育場正中央：「為美國英勇捐軀的靈魂速速來此。」唸完三次之後，一道金色光芒衝向天際，並化成數十萬道金絲衝往各方，片刻之後帶回數十萬鬼魂，盤旋在體育場上方，黑鴉鴉地一片，非常恐怖，有如暴風雨前的烏雲。

「今日召喚各位，是因為美國遭遇大難，數十萬軍人失去靈魂，需依靠各位的靈魂，附在他們身上，否則這些軍人將需要被照顧一輩子或是死亡，可以接受的請留下，不接受的請回。」只有少部分的靈魂離開，大部分的靈魂都繼續盤旋。

「活體寄魂，去。」九萬軍人醒了，不過，那不是他們的身體，當然議論紛紛，現場一片混亂。

「等一下請所有人離場，並依照你們身上的編號，找到自己的單位，謝謝各位的幫忙。」葉涼拿起麥克風說。花了四天，三十多萬軍人的問題暫時解決。不過，他們的家庭問題產生了，人與人之間的關係變得很複雜，難以收拾。

「後遺症很大，復活的靈魂難以適應現在的生活，而他們的家人，也很難接受這樣的結果。」林國豪說。

「我知道，這是代價。」葉涼說。

「這代價太大了。」

「我說過，不這麼做，三十幾萬個軍人，除了必需被照顧一輩子或死亡，他們的親人也都會痛不欲生的。」

「唉！這白雁真是個可怕的妖精啊！」林國豪嘆了一口氣，無奈的表情寫在臉上。

「中情局那邊有消息了嗎？」

「沒有，她很會躲，完全沒有出現的跡象。」

「有沒有奇怪的刑事案件？」

「只有一件，九個人跳樓，據目擊者的描述，他們是一個接著一個跳下樓，這是附近的監視器畫面。」林國豪把電視打開播放著。

「這應該是心靈被控制了，馬上全天候監控那個區域，所有的監視器，最重要的是球場、體育場，一定要有人盯住。」

「你懷疑這是她做的？」

「應該沒錯。」

「把資料也給中情局，要他們務必盡快找到白雁。」

「軍人的家庭問題如何解決？」

「用軍事訓練的理由，先拖延一陣子吧！現在不宜發布。」

「好的，我會照辦。」

陸：小國淪陷

失去蹤跡的白雁，用辛蒂的模樣出現在東歐的某個小國，對於白雁來說，拿下這個國家，只不過是彈指之間的事，不過她還是喜歡全面掌控，所以就故技重施，召喚了不少冤魂，並幫他們報仇，換來一群死忠的部署，讓計畫更順利進行。

「恭喜各位大仇得報，接下來，我要給你們更大的禮物。」

「什麼大禮？」一個身中三槍的冤魂說。

「拿下政權，為所欲為。」白雁信心滿滿的看著他們。

「要怎麼做？」一個披頭散髮的女鬼說。

「附身在高官、總統身上。」

「這個有趣。」一個斷腳的老人撐著拐杖說。

「有興趣的附身高官身上，沒興趣的可以當個小官，想要當個小老百姓也可以，誰想當總統？」白雁看著他們。

「我來吧！」身中三槍的冤魂說。

「談談你的經歷。」

「我是十幾年前的議員，被綁票並撕票了。」

「不錯，是個好人選，還有誰有當官的經驗？」幾百個冤魂都沒出聲。

「好吧！既然如此，就你當總統了，其他人有什麼想法嗎？」他們依舊沒有出聲。

「明天早上，所有的高官都會出席會議，到時，你們照我分配的人選附身，只要漂浮在他們的身後就行了，其他的我會處理。」

「我想當個老百姓。」一個五歲大的女孩說。

「妹妹，妳怎麼死的？」

「被我媽媽的情人掐死的。」

「妳不想報仇嗎？」

「可是，他很可怕的，他有槍，還有很多小弟。」她面有難色的看著白雁。

「原來是幫派，這簡單，我們控制了政府之後，再把他們全都抓起來，這樣好不好？」

「這樣我媽媽也會被抓嗎？」

「我看一下。」水晶球裡，小女孩的母親正被那男人虐待，渾身是傷。

「妹妹，妳還想要媽媽抱著妳嗎？」

「當然想。」

「那就不能等了，妳自己看。」

「那怎麼辦？」

「不如，妳來附身當她的男人，既可以天天看到她，又可以控制整個幫派，媽媽也會平安。」

「這樣好嗎？」

「沒什麼不好的，妳不愛媽媽了，是嗎？」

「不，我知道她也是被逼的，我還愛她。」

「那就別等了。」

「面目全非、頭下腳上。」白雁帶著小女孩親臨現場，施展了可怕的法術折磨那男人，他的五官被扭曲在一起，像個包子般，並且頭部長在肚臍的位置，雙手與雙腳互換，看起來非常恐怖，那男人在尖叫聲中暈倒，接著把那男人給打的魂飛魄散，並讓女孩附身。

「移魂入體，去。」

「怎麼樣，喜歡這個身體嗎？」白雁問。

「喜歡，很強壯，我再也不怕別人欺負我了。」

「很好，把妳媽媽照顧好，還有，妳的部下，我很快會用到他們，明天下午，把他們集合起來，就在足球場內。」

「我知道了。」

禮堂中，數百官員正在聽取總統的演說，這時，白雁悄悄的制服所有的安全人員，並讓一些靈魂附身，以免穿幫，接著她釋放出所有的冤魂，讓他們就位。

「移魂入體，去。」白雁高舉雙手，無聲無息就拿下這個小國的政權，當天下午，又做出驚人之舉。

足球場上，白雁吸足了能量，等待三三兩兩的幫派分子進場，而小女孩所附身的幫派老大，筆挺的天藍色西裝，白色皮鞋，頭髮上油並向後梳，英俊挺拔的樣子讓女孩的母親大為驚訝，她從不知道這個男人這麼吸引人，而他的開場白，也挺嚇人的。

「各位，在我身旁的美女叫做辛蒂，是本幫派的重要人物，是我最得力的助手，千萬不要得罪她，否則下場淒慘。」

「怎麼把我說得這麼可怕？」白雁說。

「說說妳有什麼計畫吧？」他看著白雁說。

「各位，相信你們都很討厭警察，對吧？老是插乾股，還要交出所得。」台下開始鼓譟。

「我可以讓你們永遠不被警察抓，但你們要幫我一件事。」

「有什麼事就直說吧！」一位幫派分子說。

「我需要一些志願者，在警察局裡面當內應，這樣你們就可以不會被警察抓，缺點是放棄自己的身體，附身在警察身上，被通緝的那些人最合適了，願意的請站出來。」這時台下一陣騷動，近百人站出來。

「很好，以後，黑十字幫就是全國最大幫派了，而且不會有人被抓，現在，就請各位準備好迎接自己的新身體與新身分。」

「移魂入體，去。」白雁說完，近百道白色金絲衝向各警察局，他們各自選擇了自己喜歡的身分。

「我們的對手很難纏的。」幫派老大說。

「放心，他們的巢穴在此，還有管理階層名單。」白雁拿出一份資料。

「妳要怎麼做？」

「他們已經全部被抓了。」

「什麼時候的事？」

「剛才。」

「妳要我們做什麼？」一位幫派分子問。

「會有一群特殊身分的人來追殺我，你們要在機場消滅他們。」

「這有難度。」

「我會給你們足夠的武器，當然，機場人員已經全數被我控制。」

「好，那就簡單多了，什麼時候？」

「不知道，快了。」

總統府旁的護衛隊，送來百枝衝鋒槍，還有不少子彈，這些幫派份子，這下火力強大，不容易應付了。

「事情辦好了，我想做個真正的小女孩。」眾人離去後，幫派老大由白雁在美國的親信接手，而小女孩要回歸母親的懷抱，白雁答應了。

「沒問題，早就準備好了，她的身體可以嗎？」白雁指著一個精神狀態有問題，眼神呆滯的女孩。

「很好，可是原本的她呢？」小女孩貼心地問。

「她受到嚴重的驚嚇，早已沒了魂魄。」

「好，那就沒問題。」

「移魂入體，去。」小女孩重回母親懷抱，雖然身體是別人的，但她的母親對這個結局很滿意，緊緊地抱著女兒，感動的眼淚直流。

柒：跨國合作

白雁現身的小國，雖然總統已經被她控制，但外交體系意外被她忽略而並未被攻下，所以當林國豪從美國要求調閱入出境影片的時候，意外發現了白雁的身影。

「你看是不是她？」林國豪問。

「可能是，趕快聯絡如風。」葉涼說。

「如風，快看一下，影片中的女孩。」飛雪說。

「沒錯，就是她。」

「這個女人真難找。」

「她最近收養了一個五歲小女孩，我已經找到這個女孩的住處，相信可以利用這個女孩找到白雁。」

「知道具體的位置嗎？」

「知道，我現在就把資料傳回美國。」

「如風那邊給我一個地點，白雁收養了一個小女孩。」

「找一個監控團隊，進駐當地。」

「我馬上安排。」葉涼跟林國豪很快敲定此事。

有了影片，中情局那邊的狀況就單純多了，他們循線找到白雁，不過卻低估了她的能力。

「面目全非。」四個大漢圍住白雁，但白雁對其中一人施法術，那人五官開始扭曲，嘴巴跑到額頭的位置，眼睛跑到兩頰，另外三人見狀想拔槍卻來不及了。

「物換星移。」槍不見了，卻是三杯爆米花在他們手上，還灑了一地，白雁得意的微笑著。

「三人合體。」只見三人忽然背部相連，動彈不得。

「靈魂出竅，收。」雖然中情局的人找到了白雁，卻慘遭毒手。

「怎麼連一個女孩都無法應付。」事情傳回中情局，局長非常不高興，臉色非常難看。

「他是女巫，我們損失了四個人。」回報的部下說。

「女巫？我不相信，你是不是想推卸責任？」他狠狠的瞪著部下。

「這是影片，你自己看吧！」螢幕上播著短短的過程。

「這怎麼可能？」局長看了之後非常驚訝，怎麼會有這樣的事發生？

「要找國防部長問清楚嗎？」

「我自己會找，你們把這個女巫盯緊，別讓她跑了。」

「我知道了。」

「這是怎麼一回事？你還有什麼沒告訴我？」中情局局長生氣地問。

「總統沒授權，所以我沒告訴你。」林國豪雙手一攤說。

「人找到了，但又被她跑了。」

「我知道，她本來就很難纏。」林國豪一臉無奈。

「她到底是誰？」

「辛蒂只是被附身的可憐人，控制她的是中國古代的女巫，叫做白雁。」

「我不懂？」局長一臉納悶，頭上全是問號。

「你們看到的那個女孩，剛剛傳來的消息是個精神病患，她被女巫附身了。」

「我不信。」

「我看你是不想幹了，美國發生那麼多奇怪的事，我不相信你的情報系統會不知道。總而言之，她的法力高強，你們是拿她沒辦法的，只有中國的道士才能將她消滅。」

「殺了辛蒂呢？」

「那只會讓事情更難處理，她會再找另一個無辜的人附身，到時就更難找了。」

「我該怎麼配合你？」

「提供她的行蹤就行了，其他的事我會安排。」

「好吧！只有如此了。」

捌：全面獵殺

陳金海等數十人接到消息之後，被安排前往小國。除了陳金海等人，葉涼還安排了十二名特種部隊隨行，每人都配備了散彈槍，還有銀製的子彈，希望能夠一舉讓白雁魂飛魄散，不過，這麼多人的行動，早被白雁的人監視。

「有幾十個中國人，還有十幾個美國軍人入境。」幫派老大急忙打電話給白雁。

「什麼時候的事？」

「一分鐘前。」

「我知道了，能殺多少算多少！」

「沒問題，我最喜歡殺人了。」幫派老大露出詭異的笑容，他想要大開殺戒了。

機場大廳內，陳金海等人遭到偷襲，數百個幫派分子持槍掃射，但一股強大的黃色能量擋住了子彈，是李靖施法，眾人有了躲避的準備之後，十二名特種部隊開槍還擊，幫派分子紛紛撤退。

陳金海等人很快就找上白雁，他們已經非常靠近她。

「辛蒂姊姊，我餓了。」白雁掛斷電話之後，那五歲女孩坐在椅子上，抱著一個洋娃娃，巴望的眼神看著她。

「馬上好，伊娃。」白雁知道時間不多了，只好消耗能量來準備食物。

「隔山取物。」白雁從漢堡店拿了一份套餐遞給伊娃。

「快吃吧！等等我們就要出門。」

就在此時，一陣鈴鐺的聲音響起，那是有人闖入的訊號，白雁早有準備，立即放出之前收服的冤魂：「移魂入體，去。」毫無心理準備的特種部隊立即被附身，體內兩個靈魂的他們失去作戰能力，陳金海見狀立即反制。

「靈魂出竅，收。」十二人暫時不能動彈。

但白雁收服的靈魂實在太多了，她又放出數千個冤魂，並開始攻擊眾人，面對突如其來的狀況，他們也只能結手印反擊，無法使用葫蘆，一波又一波的攻擊讓眾人難以招架，情急之下，秋菊只好使出絕招：「萬佛朝宗。」數百靈魂瞬間消失，陳金海趁機拿起葫蘆，將剩下的靈魂收入葫蘆中，待他回神時，秋菊早已經倒地，雖然還有一絲氣息，但能量耗損過度，又變成九十歲左右的樣子，幸虧她這次懂得節制，並未使出全力，否則就必須客死異鄉。

陳金海扶起秋菊，找兩個壯漢把她背到附近的空地上，讓她吸收能量，不過恢復的速度非常緩慢。同一時間，白雁準備逃跑，竟然放出三十萬美國軍人的靈魂，他們雖然沒有攻擊性，但讓陳金海等人手忙腳亂，只能趕緊把這些靈魂收入葫蘆，混亂中，白雁已經悄悄把自己的靈魂移至伊娃身上，伊娃雙手拿著半個漢堡邊走邊吃，把洋娃娃背在身後，從後門走出去，沒有被發現，越走越遠。

「可惡，又被她跑了。」陳金海看著秋菊說。

「那可不一定。」秋菊氣若游絲地說。

玖：女巫末日

白雁以為可以利用伊娃而神不知鬼不覺的逃走，才走了沒多久，攔路的是飛雪、小武、筱萍，當她回頭想跑，李靖出現在不遠處。

「乖乖束手就擒吧！」李靖說。

「休想！」白雁一臉憤怒，把手一揮，一股強大的氣場打向飛雪等人，只見三人結手印抵擋。

「魂不附體。」李靖迅速跑到伊娃身邊，輕輕打中她，白雁竟被震出伊娃體外，寡不敵眾的她，準備施展同歸於盡的法術。

「吾法吾天。」剎那間風雲變色，雷聲大作，三道閃電直接擊向三人，不過沒有得逞。

「天外有天。」只見李靖右手一揮，閃電只剩下光線而沒有電力，並消散在空氣中。

「玉石俱焚。」白雁被一團黃色氣場包圍，隨後氣場爆炸並衝向四人。

「化。」李靖把爆炸威力給吸收掉，但無法確定白雁是否已經魂飛魄散，但現場已經沒有白雁存在的跡象了。

「辛蒂？辛蒂？辛蒂？」伊娃不停喊著辛蒂，卻不知辛蒂不會回來了。

「把她帶走吧！」李靖說。

「妹妹，妳叫什麼名字？」飛雪問。

「我叫伊娃。」

「跟我走，好嗎？」飛雪溫柔地問她。

「我要找辛蒂。」

「魂分兩處。」飛雪只要好施展另一部絕學，沒多久，飛雪將其中一個靈魂暫時附在辛蒂的身體，假裝辛蒂。

「走吧！伊娃。」

「辛蒂姊姊，妳沒事吧？」飛雪比了手勢沒開口。

用掉九成多的能量之後，白雁虛弱的躲在暗處休息，等待月光的出現，不過現在是農曆初一，即使有月光也無法使她快速恢復，白雁自知麻煩大了，乾脆找一個陽光完全照射不到的地方，等待月光的出現，以免熱焰焚身，接著是魂飛魄散。

等待了七天，終於有一點點的月光，白雁拖著腳步，終於上到了屋頂，但吸收到的能量非常有限，只讓她恢復一點點，不過白雁每晚還是會上屋頂，直到農曆十五那晚，白雁吸收了一晚的月光，雖然還無法做怪，但離開這裡是絕對沒問題的，經過仔細的考慮之後，她離開這個小國了。

心亂如麻的白雁，失去可以控制的一切，只剩下她自己的靈魂，她開始自言自語。

「該去那裡呢？德國慕尼黑的安聯球場好了。」

「不行，路途太遙遠了。」

「那該怎麼辦？」

「找一個最近的棒球場或是足球場。」

忽然間白雁想到了一個地方，羅馬尼亞布加勒斯特「星足球俱樂部」的球場：國家體育場，這個球場的作用跟安聯球場類似，距離她不到一千公里，於是她即刻動身，花了三天晚上的趕路終於到了，不過此時正在舉行歐洲冠軍盃，對手是英格蘭超級聯賽的強隊：曼城，五萬多名觀眾震耳欲聾的加油聲，逼得白雁只好暫時躲在暗處，等待比賽結束的到來。白雁進到球場立即感到能量的存在，球場正上方有一個很大的電視螢幕，總共有四面，白雁飛上那裡並站在正上方，雙手高舉開始吸收能量，或許沒有安聯球場那麼高的效率，但也只花了三個小時，白雁就已經吸滿能量。

拾：逃回原處

只剩下魂魄的白雁，雖然法力仍然高強，但面對葉涼為首的團隊仍略遜一籌，因此在苦思之後，決定回到最熟悉的地方：九號公墓。在回到九號公墓的途中，她仍然不放棄招兵買馬，沿途附身了一些當地人，並召喚大量冤魂。

羅馬尼亞的布拉索夫市，在一處足球場內，白雁附身在球場清潔工的身上，她是一個五十歲左右的女人，正在整理看台，這個球場的座位只有十幾排高，但已經足以讓白雁大顯身手了。

「移魂入體。」女清潔工被附身後，眼神從原本的毫無生氣，立即變得炯炯有神，因為此刻的她已經變成白雁。

「方圓一公里之內的冤魂，速來此地。」她唸了幾次之後有了作用，數十個冤魂從五百公尺外的墓園被光絲吸到她的面前，四面八方也陸續有冤魂被吸到此地。

「願意追隨我的，請進入我手中的葫蘆，不願意的請離開。」白雁舉起手中的葫蘆問道。

「憑什麼要我們聽妳的？」其中一個冤魂問。

「我可以讓你們重生，也可以幫你們報仇。」此時眾冤魂議論紛紛，白雁則藉機張開雙臂吸取能量。

「好，如果妳可以幫我報仇，我就追隨妳。」剛剛那個冤魂又說。於是經過漫長的幾個小時，白雁將他們的冤屈一一平反，七十四個冤魂被收入葫蘆，當然也有許多人被白雁殺死，而且魂飛魄散。

接著是羅馬尼亞的聖格奧爾基、特爾古塞奎斯，一路來到摩爾多瓦的基希訥烏、烏克蘭南方的奧德薩，再沿黑海的邊緣一路來到了喬治亞、亞美尼亞、亞塞拜然，沿著裡海來到伊朗北邊並進入土庫曼、烏茲別克、哈薩克，最終在新疆換了一個身體，她找了一個年約二十五歲的維吾爾族女孩附身，終於在兩週後回到了九號公墓。

經過幾個月後，沿途被白雁收服的冤魂已經有一萬多，但她不急於再擴張實力，反而在原來的鬼殿之處，蓋了一個新的鬼殿，但樣子卻跟李靖蓋的一模一樣。只是鬼殿之內只有白雁一個人，看著眼前景色，回想起過往，她竟然流下眼淚，畢竟現在的她，剛剛放下了瘋狂的行徑，回到了比較正常的樣子，只可惜，她再也回不去了。

思緒如潮水般，一波又一波的湧向白雁的心，回想起一千五百年前，周旋在李靖跟李雙全之間，兩個有權有勢的男人都愛著她，那是多麼甜蜜的時光啊！又想起自己被皇帝以毒酒賜死，在極為痛苦中漸漸失去意識，最終成為怨靈，沒有投胎，才會變成今日的狀況，縱然有通天本領，卻要委屈自己，躲在九號公墓的鬼殿，但一想起李靖不念當年的情分，居然追殺自己，白雁的怒火又被點燃，露出邪惡且恐怖的表情。

拾壹：鬼后再臨

「這裡是九號公墓的鬼殿，放你們出來透透氣，不過，活動範圍只能在公墓之內，不聽話的，就別想重生。」白雁拿出葫蘆放出了一萬多個冤魂，把鬼殿塞得滿滿的，有些還必須在空中才能容納得下。

「感謝鬼后。」眾鬼齊聲回答，驚動不少附近的生物。

「等到鬼月，你們可以離開這裡，我就會讓你們重生，這段時間，你們要乖一點，不可以打擾任何人，否則將會前功盡棄。」

就這樣，白雁跟這些冤魂每天晚上都在公墓內活動，天亮之後就消聲匿跡，當然，他們也不是沒事做，白雁訓練這些冤魂一些基本的法術，教他們如何增加自己的能量強度，如何逃避一般道士的法術，分辯那些道士不能惹，例如陳金海，說穿了，就是增加這些冤魂的戰鬥力，當然，也陸續吸收了幾個剛進來公墓的冤魂。

「叫什麼名字，妳怎麼死的？」白雁問。

「我叫雅文，老公故意推我，害我掉到溪谷中，摔死的。」一邊的身體殘破不堪的冤魂答。

「妳想報仇還是重生嗎？」

「我只想報仇，當人太痛苦了。」

「好，我幫妳報仇，不過，妳要告訴我，這幾個月來發生的大事，不分國內外。」

「妳想知道什麼？」

「全世界的大事。」

「沒什麼特別的事，只有一個女巫，搞得全世界都天翻地覆，害死了很多人。」

「驅魔大師陳金海，聽過嗎？」

「他最近跟許多道士成立了九五幻術會，據說有九十五個人，個個法力高強，聽說是要對付唐代第一女巫：白雁。」

「這個臭道士，他想對付我？」

「妳是白雁？」冤魂大驚，眼前的鬼后竟是如此身分。

「哈～～～」白雁大笑。

「聽說妳闖了滔天大禍？」

「沒錯，他們想要我灰飛煙滅，我為了自保，才做那些事的。」白雁並未說真話，因為她還想套出更多情報。

「可以先幫我報仇嗎？」

「沒問題，妳想要怎麼對付妳老公？」

「我的孩子還小，不能沒有父親，就把他的命根子廢了，讓他不能跟那賤人在一起。」

「那個女人呢？」

「我希望她永遠無法勾引男人，把她毀容好了。」

「好，你們看清楚了。」白雁在眾鬼面前拿出水晶球，將畫面轉到雅文的家中，她的丈夫正坐在馬桶上，忽然間馬桶破裂，這個男人的下體被碎片割斷，他慘叫了一聲就暈倒了。

「是這個女人破壞妳的家庭嗎？」白雁比著水晶球問。

「是的。」雅文答。

「看清楚了。」水晶球中的女人聽到巨響跑到浴室關心，但浴室太滑，她跌倒後面部朝下，被馬桶碎片割傷了臉，滿臉是血的她，臉上還插著兩個碎片。

「別傷害那個男孩，他是我兒子。」雅文緊張地大聲說。

「放心，我不會傷害他的，怎麼樣？滿意嗎？」白雁拍拍她的肩膀，要她情緒穩定下來。

「非常感謝白雁姊姊幫我報仇。」

「妳要怎麼報答我？」

「姊姊還想知道什麼？」

「暫時沒有，妳先旁邊休息吧！」

「好。」

「叫什麼名字，你是怎麼死的？」白雁問另一個冤魂。

「賴在培，被高利貸打成重傷，上吊死的。」

「名字有點繞口，你想怎樣報仇。」

「那些混蛋不是人，我希望他們被警察抓到，關到死為止。」他非常的氣憤。

「這有難度，除非你有認識正直的警察。」

「我認識一個，他叫做武衛國。」

「是他！有趣了，你準備一下，看要怎麼告訴他，等一下我會安排你入他的夢，你在夢中告訴他就行了。」

「好。」

「準備好了嗎？」

「準備好了。」

「移魂如夢，去。」

此時的小武正在派出所裡，半夢半醒的打瞌睡，賴在培入了他的夢，一五一十的描述了他的事，也告訴小武這些高利貸的相關資料，就在此時，如風來找他，如風看到小武頭上盤旋著黑色的氣息，結了手印就把賴在培的魂魄打出了小武的夢，當然，小武也醒了。

「發生什麼事了？」小武問。

「你頭上有一股黑色的氣息，所以我把你打醒了。」

「應該是冤魂找我申冤，我查一下，看剛剛夢中的資料是否正確。」

「我覺得沒那麼單純，還是找陳金海師傅吧！」

「查到了，他是被高利貸逼到上吊的，他希望我抓到他們，讓他們坐牢。」

「不對，你想想，之前陳金海師傅在你這裡做過什麼？」

「施了很多法，惡鬼都進不來。」

「對啊！那為什麼這個冤魂可以進來？」

「好吧！你說的對，不過，我先處理這些高利貸，聯絡師傅的事，交給你了。」小武說完之後便離開派出所。

「我是如風。」如風拿起派出所的電話。

「我知道，遇到怪事了，對嗎！？」陳金海說。

「師傅能知過去與未來，什麼都瞞不過你。」

「別拍馬屁了，快離開那裡，白雁回到九號公墓了。」

「什麼？」如風大吃一驚，臉色慘白。

「快離開就是，去飛雪跟李靖那裡吧！小武跟筱萍也要馬上去，否則大難臨頭。」

拾貳：鬼妃重現

「妳回來啦！白雁。」鬼殿裡，身穿淺綠色衣物的女鬼出現在白雁的眼前。

「碧玉？怎麼沒跟著李靖？」白雁似乎非常驚訝她的出現。

「他的眼裡只有飛雪，那裡有我碧玉的存在，妳不也是因為他不愛妳了，所以由愛生恨，到處興風作浪。」碧玉故意背對著白雁。

「妳知道我的事？」

「我跟李靖心意相通，他知道的我都知道。」

「真的？」白雁似乎不相信碧玉所說。

「當然是真的，當年他收留我，又教了我同心術，所以我跟他一直都能夠互相感應。」

「互相感應？糟了。」話才說完，白雁就消失無蹤，以為被李靖發現蹤影。

「哈～～～真好騙，這樣就聞風而逃，還唐代第一女巫？我看是膽小的母烏龜吧！」碧玉輕蔑的嘲笑白雁，完全不怕她的樣子。

「可惡，妳敢騙我。」白雁說完便用一道綠光打向碧玉。

「謝啦！我正需要吸收妳的綠色能量。」

「妳不怕？」

「妳越打，我就越強，不信就再打過來吧！」

「我才不會上當，妳想消耗我的能量。」

「妳錯了，我是在幫妳，妳吸收了太多的綠色能量，才會一生氣就會產生綠光，照照鏡子吧！」碧玉指了旁邊的鏡子。

「怎麼會這樣？」白雁驚訝的看著自己淺綠色的臉。

「相信了吧！如果我沒猜錯，妳應該是在草地上吸收能量，但是沒有適度釋放，那些草的能量，被妳吸收了。」

「為什麼李靖的臉不會變綠？」

「那是因為他有大量釋放能量。」

「妳覺得我該怎麼做？」

「我剛剛說了，給我一些能量，可是妳又不信。」

「好，接招。」白雁說完便又朝碧玉打出綠光，但這次的能量比剛才強了數倍，只見碧玉被擊中後開始快速旋轉，淺綠色的衣物漸漸變成綠色，但臉上的顏色沒變。

「再來一次吧！」碧玉示意白雁照鏡子，而白雁在看了鏡子之後，又朝碧玉打出綠光，她的衣物看起來像是黑色，但實際上是深綠色。

「恢復了嗎？」

「差不多了。」

「沒想到在球場吸收能量的副作用這麼大，為什麼妳可以把能量轉移到衣物上？」

「妳也可以啊！這招叫做移山填海，每個人的氣場不同，可以儲存的能量也有差異，如果可以找到適合的物質，就可以把多餘的能量儲存起來，妳還記得李靖給我們這些鬼妃的衣物嗎？分別是淺藍色、淺黃色、淺綠色、粉紅色，妳的衣物是淺黃色的，它可以幫妳儲存能量。」

「衣服早就不知去向。」

「那就再想辦法了。」

「其他的鬼妃呢？」

「我不知道，我跑出去玩了幾天，當我回來的時候，她們全都不見了，而且這邊的冤魂幾乎都不見了，大部分的靈魂早已投胎，所以我好無聊。」

「妳想要有事做？不如幫我報仇。」

「算了吧！妳現在惹了這麼多麻煩，沒有被他們打得灰飛煙滅，已經是非常幸運了。」碧玉冷冷的回答。

「妳會怕？」

「不是怕，也許現在的樣子不算理想，可是什麼都不用擔心，其實我很滿意現在的日子。」她一臉滿足的樣子。

「沒出息。」白雁一臉不屑看著碧玉。

「平淡沒有不好，看看妳，施展了驚人的法力之後，除了權力，妳又得到了什麼？什麼都沒有，只有仇恨，更深的恨，最慘的是被追殺，而且連妳最愛的男人也灰飛煙滅了，還有什麼比這更糟的？」

「反正我就是要報仇。」

「好吧！既然妳執意如此，我只能祝福妳了，對了，妳回來這裡的事，陳金海已經知道了，相信很快就會來找妳。」

「他怎麼知道的？」白雁好奇地問。

「他可以知道過去與未來各五百年，如果運用媒介的話，可以達到千年之久。」

「這個臭道士，處處與我為敵，我一定要滅了他。」白雁憤怒的表情，緊握的雙拳，一副想把人生吞活剝的樣子。

「先離開這裡吧！不然，妳就會先被滅了。」但碧玉立即澆了她一頭冷水。

「不瞞妳說，我是他的媒介之一，不是我有同心術，而是他告訴我，妳做了那些壞事。」碧玉接著又說。

「可惡。」白雁忽然拿出葫蘆，對準碧玉，將她吸入。

「放我出來，快放我出來。」碧玉被吸入之後，非常生氣，一直大吼大叫著。

「對不起了，妹子，我還需要妳的幫忙，事成之後才能放妳。」

「卑鄙無恥的賤人，難怪李靖不疼妳。」葫蘆裡的碧玉雖然持續的罵白雁，但白雁沒在聽，她正在計劃下一步。

拾參：陣地轉移

白雁或許囂張，但還算識時務，知道自己孤掌難鳴，手上的一萬冤魂還難成氣候，所以將冤魂全數召回，連夜逃離九號公墓，以免被陳金海等人給滅了。

「那裡還有冤魂呢？」白雁在一處棒球場上自言自語。

「美女，現在沒球賽，而且，妳也不能在這裡。」管理員朝她走來，一面對她說。

「滾開。」白雁右手一揮，管理員便飛到數十公尺外。

「啊～～～」管理員在尖叫聲中落地，隨即暈倒。

白雁高舉雙手開始吸收月光的能量，今天是滿月，才過了一會，她就感覺能量已經充滿，想起碧玉說過移山填海的話後，便放出碧玉。

「這是那裡？」碧玉問。

「棒球場，吸收能量的好地方。」

「可惜妳沒有淺黃色的衣物了，不能儲存能量。」

「只要淺黃色就行嗎？」

「應該沒錯。」碧玉說完，白雁走向暈倒的管理員，把他身上的淺黃色外套脫了下來，自己穿上，或許太大，但就先湊合著用，她再度高舉雙手，衣服果然顏色越來越深，儲存的能量甚至比剛剛吸收的多上幾倍。

「沒想到這裡吸收能量這麼容易。」碧玉放下手說。

「本來我也不知道的，是跟蹤李靖之後，我才知道的。」

「又想起他，我看啊～妳還是當他的妃子算了，他現在跟陳金海聯手，妳打不贏的，還有飛雪，天生就是妳的剋星，妳要怎麼跟他們鬥啊？」碧玉又開始冷嘲熱諷。

「哈～～～我有他們啊！」白雁說完便放出葫蘆中的一萬多冤魂，瞬間，棒球場擠滿了冤魂，除了草地上，連看台都滿滿的，天空中也有，他們都非常興奮，因為能量源源不絕地傳來。

「舉起你們的雙手，盡情的吸收月光的能量吧！」白雁大聲的對她的大軍說，過了約一個小時，幾乎所有的冤魂都充滿了能量，個個精神抖擻，戰鬥力十足。

「雖然他們能量滿滿，可惜都是蝦兵蟹將，不堪一擊。」碧玉似乎不看好這一萬多的冤魂。

「我打算多教他們一些法術。」

「來不及了，陳金海的九五幻術會跟李靖正趕來此地，我們還是快走吧！」碧玉的話，讓白雁有些驚慌失措。

「怎麼不早說。」

「我也是剛剛才知道的。」

於是白雁高舉葫蘆，不到一分鐘，這些冤魂幾乎全被吸入葫蘆，不過，有一些沒有被吸進去。

「怎麼會這樣？」白雁愣住了。

「他們吸了太多能量，當然裝不進去，快走吧！」

於是天空中還有幾千個冤魂在活動，撲空的陳金海與李靖等人，花費一番功夫才將他們收入葫蘆，並趁機在棒球場將能量吸飽一些，他們全都高舉雙手，只有李靖走向暈倒的管理員，將他搖醒之後，便脫下自己的外套給管理員穿上。

「告訴我，這是怎麼一回事？」李靖搭著他的肩膀，進入他的意識之中，因為他擔心這管理員會說謊。

「我一靠近那個女人，她伸手一揮，我就飛到這裡了。」

「這麼冷，你怎麼沒穿外套？」

「對啊！我的淺黃色外套呢？」

「我懂了，謝謝，棒球場借我們用一下。」李靖走到球場正中央，雙手高舉，沒開燈的棒球場，卻比白天還亮，管理員瞇著眼竟然看不到李靖等人，片刻之後，球場恢復晚上該有的樣子，空無一人，只剩下愣在那裡的管理員。

「你知道她去那裡了嗎？」李靖問陳金海。

「知道，不過天意難違，如果我們一直靠法術追蹤她，也都會功虧一簣的。」

「然後呢？」

「順其自然吧！真是她的末日時，我們一定能收服她的。」

「出來吧！碧玉，我知道妳在這裡。」李靖說。

「你怎麼知道的？」碧玉問。

「妳身上的衣物，是我給妳的，它吸滿了能量，我怎會不知道。」

「你好久沒這樣看著我了。」兩人四目相對。

「這些年，委屈妳了，妳想回我身邊？還是要到九號公墓當鬼后？」

「你身邊已經有飛雪了，你還會疼我嗎？對了，九號公墓的冤魂已經被白雁一掃而空，那裡現在沒有任何冤魂。」

「所以呢？」

「我想跟著陳金海師傅，可以嗎？」碧玉嘟著嘴，低頭斜眼，不敢直視李靖。

「只要陳師傅願意，當然可以，對吧？！」李靖倒是很大方，搭著陳金海的肩膀。

「唉！我就知道，把妳當媒介會有這樣的結果。」陳金海一臉無奈。

「不好嗎？白雁的缺點，我瞭若指掌，沒有我，說不定你們永遠收不了她。」碧玉非常不服氣地說。

「好，妳說，白雁下一步會怎麼做？」陳金海問。

「她現在對李靖的恨，已經無法化解，她一定會想辦法挑起中國跟美國之間的戰爭。」

「然後呢？」

「所以她會找一個女人當總統的國家，用移魂入體的方式奪得政權，她手上的冤魂，多半是中歐人，為了快速完成計劃，她會找這些國家。」

「不是羅馬尼亞，就是烏克蘭了。」陳金海說。

「要連絡葉涼嗎？該是運用美國情報網的時候了。」李靖說。

「也好，我不想一直在時空中跑來跑去，搞得我現實跟虛幻都快分不清了。」

「不必麻煩了，她在烏克蘭的基輔，奧林匹克國家綜合體育場，在那裡，她可以獲得源源不絕的能量。」如風突然插嘴。

「這下糟了，我們都是東方面孔，如果被她奪得政權，我們恐怕進不了烏克蘭，所以，還是要麻煩葉涼了。」

拾肆：密謀奪權

白雁在奧林匹克國家綜合體育場放出了許多冤魂，讓他們瞬間就充滿能量。

「明天，就是各位重生之時，也是我們控制烏克蘭的日子，希望大家準備好，到時我會讓各重要部門重要人物的魂魄離開他們的身體，你們只要順著光絲，就可以控制他的身體，喜歡當帥哥美女的就找個年輕的，喜歡有權有勢的，這幾百個人是這個國家最重要的人，想要變有錢的，是這些。」白雁從一部筆電，將照片投影在大螢幕上。

「下一步呢？」其中一個冤魂問。

「先熟悉你們的身體，了解你能控制的，三天後，我們在此集合。」

「記憶留存，靈魂出竅，收。」白雁在體育場正中央高舉雙手，瞬間一萬多道金色光絲衝向體育場，將白雁包圍。

「移魂入體，去。」一萬多個冤魂順著光絲找到他們的新身體，一切就像沒發生過，只是烏克蘭的政權已被白雁控制，只剩總統還沒有被控制，白雁還在猶豫，因為她擔心自己控制總統之後，反而成為目標，她靈機一動，找了總統身邊的女人，不會太顯眼，也可以得到所有的訊息。

「國防部長，麻煩過來一下。」三天後的體育場內，白雁化身的女人召集了一萬多人。

「妳是尤莉亞？還是鬼后？」

「懷疑嗎！伊凡。」

「沒有，我以為妳會控制總統。」

「還不是時候。」

「妳要我做什麼？」白雁靠近他耳邊講了一些悄悄話，所以除了他們兩人，沒人知道白雁的計劃。

「今天要各位來，是要確定所有部門都在我們的掌控之下，有任何問題嗎？」

「可以換身分嗎？我老婆煩死了，一直嘮叨個不停。」此話說完全場哄堂大笑。

「不行，我可以幫你殺了她，或是讓她變植物人。」

「那就麻煩妳殺死她好了。」

「看好了，是她對嗎？」白雁拿出水晶球。

「沒錯，煩死了，從早唸到晚。」於是那女人走到窗邊打開窗，毫不猶豫的往下跳，雖然只有三樓，但頭部朝下，腦漿四散，當場就沒了氣息，白雁趁機將她的魂魄收入葫蘆，因為她也是冤魂。

「還有誰要解決問題的。」結果一百多人排隊，多半是相同的問題，於是，基輔在這一天有一百三十八人自殺，這個奇怪的現象被報導出來，而且上了國際新聞的頭條，當然，她們全都在白雁的葫蘆中，成了階下囚。

「尤莉亞，妳知道這是怎麼回事嗎？」總統比著報紙問。

「伯格丹，這要問你自己。」尤莉亞拿著一疊信封，上面都寫著遺書。

「這些是什麼？」

「這些死者的遺書，他們都是官員的配偶，大部分說你是個昏君，他們的配偶不該為昏君服務，或是當昏君的打手、看門狗等等，你自己看吧！」伯格丹接過遺書，看了幾封之後便皺起眉頭。

「尤莉亞，我該怎麼辦？妳是我最信任的官員。」

「把權利交給我支配吧！給我半年，你一定可以再度贏回民心，順利連任的。」

「好，我代表黨感謝妳。」

「先別謝，連任再謝吧！」

「這應該是白雁做的。」林國豪拿著報紙走到葉涼身邊。

「我知道，陳金海那邊，已經要求我幫忙。」

「怎麼幫？」

「情報，如果可以，找九十五個人，讓陳金海的九五幻術會跟他們交換身體，然後這九十五人進烏克蘭，找到白雁，並消滅她。」

「交換身體？為什麼要交換？」

「九五幻術會都是華人，東方面孔是進不了烏克蘭的，最好有烏克蘭族的血統，還有一點，沒有靈魂的身體，就是植物人，很難照顧的，直接交換比較不會出問題。」

「我懂了，我馬上去辦。」

香港的一棟大樓裡，交換身體的事正在秘密進行。

「非常感謝大家的參與，有任何問題，請現在提出來，換了以後，就要等事情結束，才能把身體換回來。」陳金海站在台上拿著麥克風說。

「萬一對方死了呢？」其中一人問。

「所以，你們要好好保護對方的身體，死掉的，就只能用靈魂的方式存活，跟你交換的人就倒楣了，以後就沒有身體可用了。」

「你們要去多久？」一個烏克蘭族的人問。

「快則一個月，頂多三個月。」

「這麼久？」

「美國政府給各位的待遇很高，將近五年的薪資，看在錢的份上，麻煩各位配合一點。」林國豪說。

「為什麼我們要在香港？」另一個烏克蘭族的人問。

「香港的外國人多，不會被懷疑，還有問題嗎？」台下沒有人發言。

「開始吧！請面對面，找到你要交換的人。」陳金海說。

「靈魂出竅，移魂入體。」一百九十人同時靈魂出竅，也在瞬間就完成了交換。

「記得，好好保護對方的身體，九五幻術會，準備出發到烏克蘭。」

拾伍：江山易手

由於白雁的陰謀得逞，烏克蘭的政權實質上落入她的手中，在檢視各項政策之後，她決定要讓烏克蘭變好，開始釋出一些不錯的政策，不過，她卻不知道九五幻術會即將到此跟她一戰。

「怎麼樣？現在的政策，老百姓都很喜歡。」尤莉亞得意的說。

「可是這樣我們就不能貪污了。」伯格丹有些失望。

「哈～～～貪污？你當總統就為了貪污？」尤莉亞輕蔑地看著總統伯格丹。

「不然呢？」伯格丹顯然不以為意。

「你能貪多少？」

「幾億美元吧！？」

「哈～～～」尤莉亞大笑。

「那我該怎麼做？」

「買一些偏遠地方的地，不用花多少錢的，再把高鐵站開在旁邊，隨便就能撈十億美元，如果覺得撈不夠，就收買承包商，拿些回扣，又再撈十億美元。」

「政府沒這麼多錢啊！」

「開放外資投資啊！把沿途的站，分一些給他們賺，他們一定願意的。」

「可是人民很窮，買不起房地產的。」伯格丹擔心這個也擔心那個，因為他只想貪污。

「先讓他們買股票，再把股票炒翻天，不就有錢了。」

「誰來炒？」

「你啊！印些鈔票就能把股票炒上去，輕而易舉。」

「要炒多高呢？」

「現在 285 點，至少也要 800 點。」

「那要印很多錢啊！」

「不必，讓炒股變全民運動就行了。」

「我不懂？」

「找五個財經背景的人，在電視台不停鼓吹，他們說好的股票就讓它漲，最後，全國人民都會聽他們的建議，瘋狂買進股票，說不定漲到 1000 點都沒問題。」

「什麼時候要開始？」

「現在啊！我真搞不懂，你是怎麼選上總統的，這麼笨。」伯格丹的疑問讓白雁非常不悅。

「我笨？」伯格丹指著自己的鼻子，卻無言以對。

「不是嗎？！」白雁冷冷地看著他。

「算了，這件事就交給妳辦了。」伯格丹似乎默認自己的愚蠢，埋頭苦幹看著文件。

「好，公文批了，這些事就正式啟動。」伯格丹接過幾分企劃案，看了之後非常滿意，就立刻簽名。

就這樣，短短幾天，伯格丹就推動了許多重大政策，這些舉動也引來許多國際財團的進駐，李靖、飛雪、小武、筱萍混在財團之中，也進了烏克蘭，並跟九五幻術會碰頭。

「這個白雁在搞什麼鬼？蓋高鐵跟造鎮。」小武問。

「這只是障眼法，她要的是至高無上的權力，我猜，總統不是被他控制，就是被附身了。」飛雪說。

「這樣做有什麼好處呢？」小武又問。

「這個國家有製造或是運送核子彈的能力，我擔心，她會利用情報人員，在世界各地引爆核彈。」飛雪說。

「這麼做，能得到什麼？」筱萍問。

「放空全球股市、期貨，再把賺來的錢，從低檔大舉買進，從此富可敵國，甚至併吞附近的窮國。」陳金海說。

「你看到了？」李靖問。

「我看到她的計劃了，如果我們不能阻止她，可能會死幾百萬人，還會讓全世界金融市場失控。」

「你有什麼計劃？」李靖問。

「她在總統府內，門禁森嚴，我們奈何不了她的，而且政府機關內，應該有非常多她的人。」陳金海說。

「說的沒錯，我剛剛去逛了一圈，那一萬多個冤魂全都用移魂入體，變成政府官員了。」碧玉說。

「難道沒有辦法嗎？」小武問。

「小武，別緊張，我有辦法了。」李靖說。

奧林匹克國家綜合體育場裡，李靖站在正中央，高舉雙手吸滿能量，甚至整個球場都充滿能量，忽然間政府部門所有人的靈魂都被抽離，化成一道道的光絲被李靖吸到體育場內，九五幻術會的人立即用葫蘆將他們收入。

「糟了，怎麼會這樣？」正在總統辦公室內的白雁也感應到這股吸力，她順勢將尤莉亞的靈魂放出，獨自離開。

「這是總統的公文，你們可以找誰配合我。」尤莉亞到了一處地下室，是情報單位。

「我看看。」一個男人接過了公文。

「核彈？妳想賣給誰？」

「不是賣，是引爆。」

「有趣了，為什麼不是國防部長來？」

「他另有要事，你到底配不配合？」

「沒問題啊！要炸那裡？」

拾陸：核彈風暴

美國奧蘭多東北方的戴通納海灘，數千個赤裸上身曬太陽和玩水的人，有些人還脫光衣服趴著或躺著，無視他人的眼光，幾個年輕人在玩沙灘排球，淺水區充滿著玩樂的歡笑，此起彼落。兩部水上摩托車從外海直接騎上岸，兩個年輕人背著背包，在馬路旁偷了一部舊車，一路北上來到華盛頓的國民球場，他們排隊買了票，跟著許多人進了棒球場，但他們沒有到座位上，而是直接找到廁所，把背包內的小型核彈放在天花板上，將爆炸時間訂在兩天後的中午。

「爆炸範圍有多大？」他們偷了另外一部舊車，繼續北上，準備引爆另一枚核彈，兩人在車上談論核彈的威力。

「直徑應該只有三到五公里。」

「這樣白宮會怎樣？」

「不一定，有可能只是倒塌，但如果中間沒有太多大樓的話，直接燒成灰也不一定。」

「下一個地點呢？」

「華爾街。」

「義父，我是如風，你快離開華盛頓。」如風非常緊張。

「發生什麼事了？」葉涼拿起電話問。

「再過三十分鐘，有一枚核彈會引爆。」

「在那裡？」

「我不確定，應該在白宮南邊，你快離開，十二點就會爆炸了。」

「我知道了，謝謝你。」

「國豪，附近有幾部直昇機？」葉涼掛斷電話立即找了身邊的林國豪。

「三架。」

「重要官員立刻跟我上直昇機往西北邊飛，能飛多遠算多遠，其他官員用車運往西邊，能離白宮多遠就多遠。」

「平民呢？」

「來不及了，要他們離白宮遠一點吧！」

「好，我安排核彈警報，你先走吧！」

「你呢？」

「我搭電視台的直昇機。」

「叫他們能撤多遠是多遠。」

「我懂。」

「要活著跟我會合。」

「沒問題。」

美國國防部長林國豪發了核彈警報後，匆匆忙忙跟電視台的高層搭了直昇機離開，這時離爆炸已經剩下十二分鐘，他們上機之後便往西邊飛去，而馬路上則是塞滿了逃難的人潮，根本動彈不得，其中還包括了不少官員也在其中，他們不知道，自己的生命即將結束。

整個城市在一片混亂的時候，國民球場的核彈爆炸了，雖然只是小型核彈，但仍然造成了典型的蘑菇狀煙雲，離棒球場近一點的，瞬間消失無蹤，街上的人們被燒死，建築物開始倒塌，遠一點的人們吸到高溫的空氣，氣管跟肺部滾燙，多數抓著脖子跟胸部倒地，部分人被衝擊波帶到數百公尺外或是撞擊到牆壁、車子等慘死，有些人不知道發生什麼事，往爆炸方向看去，眼睛失明，接著被無數玻璃碎片擊中。

「別看，眼睛會瞎的。」直昇機上，林國豪試圖阻止攝影記者拍攝。

「來不及了。」攝影師放下攝影機，無奈的說。

「飛快點，核彈爆炸了。」林國豪對著飛行員大吼。

「知道了。」直昇機以最快的速度前進

同一時間的紐約更慘，完全沒疏散的狀況下，華爾街附近的建築物幾乎全毀，連自由女神像都緩緩倒向西南方，數十萬人幾乎在第一時間喪生。

「報告總統，紐約華爾街不見了。」匹茲堡市政府內。

「也是核彈嗎？」

「應該是，這是衛星畫面。」葉涼跟官員們看著燃燒中的紐約市。

「國豪呢？」

「快到了。」

「五角大廈跟白宮呢？」

「都沒了，爆炸點在棒球場，太近了，中間又沒有太多障礙物。」

「我知道了。」葉涼聽完後低頭苦思，此時，所有官員都鴉雀無聲。

消息很快傳遍全世界，各國電視台二十四小時報導，全球股市開始大跌，才十天，就已經跌了百分之四十，而且彷彿沒有停下來的意思，房地產市場也開始出現拋售潮，早已在全球股市布下大量期貨空單的白雁，賺進了數十億美元，雖然烏克蘭那邊的布局被陳金海破壞了，但這些錢，足夠她興風作浪一陣子了。

「查到了，核彈是從烏克蘭運出來的。」林國豪說。

「我就知道，一定是她。」葉涼說。

「白雁？」

「沒錯。」

「這下就麻煩了，我們對這個國家的情報很有限。」

「不必查了，她現在沒有附身在任何人的身上，我們根本找不到的。」

「你怎麼知道的？」

「他們的情報人員怕出事，殺了一個叫尤莉亞的女官員，據說她是烏克蘭的地下總統，我猜，白雁之前就是附身在她身上，執行這次的核爆，我已經請陳金海想辦法證實了。」

「沒想到這個女巫這麼可怕，什麼壞事都敢做。」

「是她沒錯。」陳金海出現在電視上，對著葉涼說。

「有何高見？」葉涼說。

「你身邊那個人知道啊！何必問我。」

「國豪嗎？」葉涼看著國豪，一臉疑惑。

「不然呢！」

「國豪，你有什麼辦法？」

「電眼系統，用來監控全世界每個人的。」

「全世界？」

「只要有監視器、手機、筆電的地方，都可以竊聽、錄影，甚至即時畫面。」

「還有什麼是我不知道的？」

「這套系統原本是為了打擊恐怖分子設計的，不過因為全世界的所有資料實在太多了，所以必須耗費數十萬人分析，最後因為經費不足而中止。」

「那現在呢？」

「我剛剛啟動了它。」

「很好，隨時跟我報告。」

「對了，我們必須移到洛杉磯，幅射塵就快飄過來了。」

「百姓呢？」

「已經發布緊急命令，要他們往西邊移動，不過情況很糟，自己看吧！」畫面上，所有的馬路都塞滿了車，動彈不得。

拾柒：三軍戒備

雖然葉涼跟林國豪知道核彈的內幕，不過，多數的官員仍然認為是恐怖分子所為，因此葉涼被迫下令三軍戒備，陸軍跟警方針對大型公共場所全面性的檢查，看看是否還有其他的炸彈或核彈，海軍則緊急全面召回放假人員，空軍的例行性巡邏增加了一倍的頻繁，空中預警機也升空待命，一時之間風聲鶴唳，彷彿戰爭即將開打。

而美國東岸的百姓，大舉西進，有些則往南方的佛羅里達州，有錢的、早到的就住旅館，晚到的只能睡車上，幸好是夏天，否則就會有很多人凍死。

「國豪，找全國二十大營造商來，在聖安東尼奧、休士頓以南的區域，或是紐奧良周邊，蓋收容所，單人、雙人、四人、六人的都要，因為時效的關係，三樓高就好，還要算一下需要收容的人數。」葉涼說。

「好的，給我三小時。」

「各位好，我是國防部長林國豪，總統要各位在最短的時間內，蓋好三千萬人住的收容所，有問題的，請現在提出。」

「經費呢？照總統的要求，每個人的居住成本約六萬美元，也就是需要一兆八千億美元，還有，路怎麼規劃，飲用水的問題等等。」一個營造商問。

「這裡是暫時的規劃，包括醫院、學校、購物中心等，還有，水從五大湖拉一條水管，找個地方儲水，並同時使用海水淡化廠，錢的問題別擔心，刪減三分之二的國防預算，幾年就夠了，可以賺錢的購物中心或商店街免費給你們。」葉涼發了一些資料下去。

「可是我們沒有足夠的人力。」另一個營造商說。

「從預備收容的三千萬人中挑選，不夠的話，從中國調，我已經聯絡他們的總理，他們答應派十萬個經驗豐富的營造工人來。」

「動作這麼快？」第一個發問的營造商說。

「你想等冬天，凍死人才開工嗎？」

「短期內沒有那麼多鋼材。」

「我已經跟全世界主要鋼筋及 H 型鋼廠訂貨，規格就要麻煩各位了。」

「就業問題呢？」

「在這裡。」林國豪將幻燈片移到工業區計劃。

「大型機具不夠。」

「已經從中國跟日本空運，三天內會有足夠的挖土機跟吊車。」

「你不怕中國翻臉不認帳？」

「現在都什麼年代了，跟他們好好相處才能度過這次的災難，你們不會希望三千萬人睡在墨西哥或是凍死吧！」

營造商開始開會，提出他們的清單，進料順序等，一天後，便開始動工，這個人類有史以來最大的全新城市，即將在三個月內完成，他們能否如期完成嗎？沒有人知道，不過葉涼處理危機的速度非常明快，也因此贏得民心。

「國豪，那些離家的人，要讓他們有飯吃，有醫療跟臨時睡覺的地方。」葉涼說。

「已經徵用一些大型體育場，並改造浴室，也有洗衣機等，有些教堂也加入收容的行列了，不過，人實在太多，所以我們必須要趕快。」

「台灣那邊，能夠幫我們什麼？」

「玻璃跟衛浴設備吧！已經協調廠商，日夜趕工。」

「中國的態度如何？」

「非常友善，可以完全配合。」

「好，幫我約他們的總理，我要親自到中國跟他道謝。」

「這樣好嗎？」林國豪似乎很擔心。

「中國人對美國這麼好，我應該登門拜訪，你留在美國協調各部會，我三天就回來，一切要麻煩你了。」

「我懂了。」

「除了感謝貴國的幫忙，我這次來，是要中國幫忙一件事，兩國合作，才能完成。」中美兩國總統總理正在密會。

「有什麼需要，儘管說吧！」

「找到白雁，消滅她。」

「造成南京賽車場死傷慘重的女巫嗎？不用你說，我們也會想辦法抓到她。」

「不是抓，是讓她灰飛煙滅，陳金海的九五幻術會，可以完成這件事。」

「要怎麼配合他？」

「給他足夠的資源跟資訊，我相信貴國跟我們一樣，都有電眼系統，讓陳金海更容易找到白雁。」

「哈～～～你們的消息真靈通。」

「彼此彼此。」

「好，沒問題，找到這個唐代第一女巫的任務，就交給中國了。」

「再次感謝。」

「別客氣，我的情報局長已經告訴我，你的真正身分，都是自己人，如果你能連任，再把棒子交給林國豪，那麼世界將有十四年的和平日子，這可不容易啊！」

「原來，你已經知道我是誰了。」

「別擔心，心照不宣。」

拾捌：電眼發威

由於兩國合作，所有白雁可能附身的對象都有大批人馬盯著，她可能吸收能量的場所也都被全天候監控，包括各種球場、衛星訊號接收器。

「她到法國的勒哈佛爾做什麼？」一名監控人員說。

「應該是諾曼地登陸。」主管說。

「我不懂。」

「這個女人，想要召喚二次大戰的冤魂。」螢幕上出現的是金髮碧眼的美女，大約二十五歲。

「現在怎麼辦？」

「通知陳金海啊！我們的工作是監控，而且我們也沒有能力跟這個女巫抗衡。」白雁的行蹤曝光，但事情還未結束。

於是，大隊人馬搭專機飛到法國巴黎，再驅車前往勒哈佛爾，跟那些監控的人員碰頭。

「她來多久了？」足球場外五百公尺處，陳金海問。

「三天。」

「是不是每天晚上都高舉雙手，天空有許多光絲？」

「你怎麼知道？」他驚訝地說。

「你們盡量離足球場遠一點，我們要跟她開戰了。」陳金海非常認真的告訴他。

「這麼多人？想欺負我這個弱女子嗎？」九五幻術會、李靖、飛雪、如風、筱萍、小武、秋菊都到了，但白雁似乎早已知道他們會來。

「今天就是妳的末日。」小武說。

「哈～～～」白雁開始狂笑，天空中出現許多冤魂，並攻擊眾人。

「快佈陣。」陳金海帶領的九五幻術會圍成兩個圓圈，一大一小，陳金海跟秋菊在正中央，每個人都面向外，開始抵抗這忽如其來的攻擊。

「收手吧！白雁。」李靖、飛雪、如風、筱萍、小武分成五個方向包圍她。

「沒那麼容易。」白雁說完又放出手中葫蘆內的冤魂，眾人只好先對抗冤魂的攻擊，眼睜睜看著白雁放棄現在的軀體，逃之夭夭。眾人花了一整晚的時間收服他們，但冤魂實在太多，彷彿永遠收不完。

「阿飛？」忽然間，一部白色重機從球場外衝進來，停在筱萍的旁邊。

「我是妳爸，我跟阿飛交換身體。」說完之後，附身在阿飛身上的葉涼高舉雙手吸收能量，葉涼就像是磁鐵般，那些冤魂全都被吸到他身旁，地上擺了八個葫蘆圍繞著葉涼，不到半分鐘，那些冤魂全都消失無蹤，進了葫蘆。

「怎麼現在才來？又被她跑了。」陳金海無奈地問。

「我必須跟阿飛交換身體，才能溜出美國啊！所以擔擱了行程。」

「你竟然讓那臭小子當美國總統？」葉涼的話讓陳金海嚇了一跳。

「放心，有國豪在，一切都沒問題的。」

「現在怎麼辦？」

「除非她都不附身在人身上，否則我們要找到她很容易。」

「可是，又被她跑了，實在很氣人。」

「至少我們把勒哈佛爾這附近的冤魂都收了啊！」

「你這樣說很奇怪？」眾人納悶地看著葉涼。

「天機不可洩露啊！」

「你怎麼搶我的詞？」陳金海瞪著葉涼。

「觀世音菩薩不忍此地有那麼多二次大戰的冤魂四處飄零，命我收了它們才能繼續追捕白雁。」

「怪不得你剛剛的法力那麼強。」

「這要歸功於阿飛的身體，他可以吸收天神的能量。」

「你們現在相信什麼叫天命了吧！」

「你們要趕快追上她，她已經瘋了。」林國豪說。

「說吧！」葉涼問。

「這個女巫精通歷史，她現在的路線都是戰爭摧殘過，死了很多人的地方，小心點，她又召喚了許多冤魂。」

「意料之中，到那裡了？」

「敦克爾克。」

「預測下一個目標。」

「里爾或是比利時的布魯日。」

「那一個機率比較高？」

「里爾，然後是朗斯跟亞眠，最後是巴黎。」

「有直昇機嗎？」

「十二架，十分鐘後到。」

「謝啦！收容所的事順利嗎？」

「沒問題。」

「好，美國的事暫時要麻煩你了。」

拾玖：回首前塵

白雁獨自在里爾的德國戰爭公墓裡，回想起一千五百年前周旋在李靖跟李雙全這對堂兄弟之間，並讓李靖戴綠帽，跟李雙全生下了李勝，最後因為野心太大，被皇帝賜死。在九號公墓跟李雙全一起附身在自己的後代龍鳳胎，將南京再度變成人間煉獄，但李雙全的肉身後代跟靈魂卻被李靖同時殺死，之後自己逃到德國慕尼黑的安聯球場，讓幾百萬人同時擁有兩個靈魂，災難從中國漫延到歐洲，並在美國控制了軍隊，攻擊白宮跟五角大廈。附身在精神病患辛蒂，幫冤魂報仇的事，是自己做過的比較正確的事，但後來又恢復瘋狂的本性，導致九五幻術會跟李靖的全面獵殺。

白雁開始後悔，自己的所作所為，當初只要好好跟李靖在一起，不要跟飛雪爭名分，自己也不會落得如此下場，但一想起飛雪，那股醋意又讓白雁控制不住情緒，她立即狂叫並高舉雙手，召喚了公墓內以及附近的冤魂，僅僅數分鐘，公墓上方便盤旋上萬冤魂，但沒有補充能量的她，顯得有些力不從心，於是她找到了里爾足球隊的主場，卻因此曝露了行蹤。

「確定在里爾，你們還要多久會到？」林國豪問。

「二十分鐘左右。」李靖在直昇機上回答。

「小心一點，她如果召喚一戰跟二戰的冤魂，你們可能又要白忙一場。」

「冤魂就交給我吧！」附身阿飛的葉涼說。

「好，我們就全力對付白雁。」李靖拍葉涼肩膀說。

里爾的空中盤旋了上萬冤魂，沒有領導者，於是到處亂竄，場面比想像的難以控制，即使葉涼神通廣大，在收服了數百冤魂後已經略顯疲態，於是他只好找足球場補充能量，而白雁稍早已經離開，沒有被陳金海等人遇到。

「她已經離開里爾，確定是往朗斯嗎？」李靖問。

「沒錯，這是球場資料，她應該快到了。」林國豪說。

「知道了。」

然而白雁沒有在朗斯跟亞眠停留，而是直接到巴黎的王子公園體育場，此時正在比賽，將近五萬觀眾正在為剛剛進球的主場球隊歡呼，她轉頭一看，旁邊的球場結構更適合吸收能量，就這樣陰錯陽差的被白雁吸收了龐大且源源不絕的能量，緊追不捨的李靖等人疲於奔命，就算找到了白雁也未必有勝算，因此決定按兵不動。

「等等，先別衝動，她在這個建築物內的能量是無窮盡的，我們進去可能會死傷慘重。」陳金海指著天上的強光說。

「那怎麼辦？」李靖問。

「等她離開，換我們去吸收能量，然後再跟她決戰。」

「可是這樣有很大的風險，萬一她在巴黎鐵塔上召喚冤魂，數量可能會超過十萬。」李靖說。

「是五十萬。」如風說。

「但至少我們不會戰死在球場內。」陳金海說。

「但願葉涼來得及趕到，否則我們會陷入苦戰。」飛雪說。

「他還在里爾，搞不好有生命危險。」如風說。

「怎麼不早說？」飛雪問。

「他剛剛才跟我求救的。」

「這樣吧！我先跟白雁周旋，你們先去里爾救葉涼。」碧玉突然插嘴。

「妳有什麼計劃？」陳金海問。

「我不怕她的法術，她越用力，我得到的能量越多，所以她不會跟我打，但我可以拖延她的時間。」

「好，我們先救葉涼。」

「怎麼會這樣？」陳金海看著蒼老的葉涼即阿飛的外表。

「他們的怨氣太重，而且分散，我在不知不覺中就過度消耗自己的能量。」葉涼氣若游絲地說。

「我懂了，你休息吧！這裡交給我們。」

三天三夜之後，九五幻術會終於將里爾的全部冤魂擺平，每個人都消耗了大量的能量，於是他們前往巴黎吸收能量，調整好自己狀況，葉涼也從蒼老的樣子恢復成年輕的樣子，但大家都累壞了，他們已經很多天沒有好好休息。

貳拾：后妃之爭

「跑到巴黎來撒野啊！」巴黎鐵塔之上，因為此時空氣品質很好，視野非常好，整個巴黎都看得一清二楚，碧玉突然出現，用嘲諷的語氣跟白雁說話。

「要妳管！」白雁冷冷看著碧玉。

「我沒惡意，但妳可要想清楚啊，這鐵塔這麼高，妳有足夠的能量召喚冤魂嗎？說不定會能量耗盡啊！」碧玉在暗示白雁，不過她沒聽進耳裡。

「我才不信，我現在能量這麼充足。」

「那妳就開始啊！別說我沒有警告妳。」

「開始就開始。」瞬間風雲變色，巴黎上空籠罩著一層厚厚的烏雲，白雁高舉雙手正要施法，卻感到力不從心，手部的皮膚逐漸變老，一陣疲憊的感覺伴隨著暈眩，碧玉順手拿了一面鏡子給她，白雁看了自己的樣子大吃一驚。

「怎麼會這樣？」鏡中的她，看起來比九十歲的人還老。

「我剛剛已經警告過妳，是妳自己逞強。」

「糟了，我的能量快沒了。」話才說完，白雁放棄了附身的軀體，消失無蹤，只留下了一具乾屍和碧玉。

「沒想到妳也是白雁的剋星。」飛雪說。

「我只是恰好可以完全吸收她的能量，所以在她施法的同時，我從她背後偷偷的吸了她八成的能量，她還以為是因為鐵塔太高，造成能量釋放過快，你們看，這具乾屍就是證據。」碧玉比著屍體背部的掌印說。

「雖然妳削弱了她的法力，但我們又失去她的蹤影了。」陳金海說。

「有功沒賞，真不公平。」碧玉不以為然的背對陳金海。

「這叫功過相抵。」飛雪酸溜溜地把臉湊近碧玉說。

「妳們兩個可以別爭了嗎？從一千五百年前爭到現在，不煩嗎？」李靖氣沖沖的把兩人隔開。

「如風，你找得到白雁嗎？」陳金海問。

「可能在夏勒蒂體育場，不過，她頂多會停留十到二十分鐘，可能已經離開了，我再找看看。」如風嘗試再度跟白雁心靈同步，不過白雁的能量很弱，沒有任何回應。

「白雁在里昂的墓園，從空中看是一處同心圓。」兩天後，林國豪拿起電話看著螢幕說。

「我們不能去，要等她離開。」陳金海說。

「為什麼？」李靖問。

「同心圓的地型會跟我們的能量互相干擾，在那裡，我們九十五人無法合作。」

「不用去了，她想去馬賽的韋洛德羅姆球場，那裡是快速吸收能量的好場所，我猜，她已經恢復了五成，所以我才能感應到她的想法。」如風說。

「她去那裡做什麼？」李靖問。

「應該是二戰的龍騎兵行動，在聖特羅佩周邊，死亡人數超過一萬，在馬賽東邊八十公里。」林國豪說。

「二次大戰到底死了多少人？白雁怎麼跑都有大量冤魂可以召喚。」李靖問。

「七千萬，中國跟蘇聯就超過四千萬，白雁會選歐洲，應該是德軍的冤魂比較多，應該有五百萬左右，還好她沒去俄羅斯，當時的蘇聯軍隊死了八百多萬，德軍也死了四百多萬，如果她去了俄羅斯，那就會非常麻煩。」林國豪說。

「她不會去的，在那裡，是我飛雪的天下，白雁不喜歡太冷的地方。」飛雪得意的說。

「那就好，不然你們這麼多人要進俄羅斯會有困難的。」林國豪說。

「先到馬賽吧！說不定我們可以比她早到。」李靖說。

高級餐廳的廚房裡，一個微胖的中年廚師正在煮一道知名料理：馬賽魚湯，鯡魚、海鰻、牙鱈以及一些調味料，這時他的老婆走了進來，吻了他的臉頰之後，便把魚湯端出去。

「請慢用。」

「謝謝。」坐在窗邊的客人，是個年輕的西班牙裔女孩，一頭黑髮、眼神犀利、立體的五官，她輕輕嚐了魚湯，若有所思地看著窗外。

「這麼悠閒啊！居然躲在這裡喝魚湯。」碧玉突然出現她的眼前，並且坐下。

「陰魂不散，幹嘛一直跟著我。」原來她被白雁附身了，她非常不悅地說。

「我是來勸妳的，別再做傻事了，好好在公墓裡過日子不好嗎？」

「妳覺得我還有回頭的機會嗎？」

「將功折罪啊！」

「算了吧！他們還有多久會到？」

「已經在外面了，妳好自為之。」

白雁奈何不了碧玉，只能看著她起身離去，這時，白雁的心中已經有了一死的準備。

貳拾壹：金蟬脫殼

「都出來吧！」西班牙裔女孩走到馬路上用中文說。

「妳終於肯現身了。」李靖說。

「不對，她不是白雁。」碧玉說。

「糟了，又給她跑了。」陳金海說。

在那之前，白雁已經靈魂出竅，派了雅文代替她，自己早就逃到海面上。

「如風，她在那裡？」陳金海用心靈感應的方式問。

「海面上，她用的是風馳電掣，你們有肉身是追不上的。」如風在遠處感應白雁的位置。

「妳們為什麼非要抓到白雁呢？」雅文問。

「妳只知道她的好，不知道她的邪惡與危險。」陳金海說。

「你們一直逼她，所以她才做出傻事。」

「妳錯了，她想要至高無上的權力，還有永生，也就是永遠統治全世界。」李靖說。

「我不信。」

「隨便妳，妳想投胎還是灰飛煙滅，或是繼續當鬼？」陳金海問。

「做人好痛苦，當鬼也很難，就讓我消失吧！」雅文絕望的眼神，說出了心裡的痛。

「想清楚，選了就無法回頭，除非是繼續當鬼。」

「我想清楚了，動手吧！」她閉上雙眼，等待著自己的最後一刻。

「好，我成全妳。」陳金海將她的靈魂抽出，並一掌打散，雅文就此消失。

「如風，找到了沒有？」陳金海隨即感應如風的狀況。

「她不見了，應該在羅馬尼亞。」

「快想辦法找到她，不能讓她有喘息的機會。」

「知道了，我會全力以赴的。」

「國豪，緊盯羅馬尼亞的一切。」葉涼跟他視訊通話。

「沒問題。」

「阿飛還可以吧？」

「他很好。」

「麻煩你了，我感覺我們快成功了。」

「希望這事件趕快結束，世界恢復平靜。」

「你真的這麼想？」

「當然，最好什麼大事都沒有。」

「該動身了，再見。」

葉涼跟陳金海等人安排了專機，直飛羅馬尼亞的鄰國，匈牙利的布達佩斯。他們找到地方安頓之後，一方面等待如風的消息，大部分的人則是練習一些法術。。

「如風告訴我，白雁又跑去布加勒斯特的國家體育場。」陳金海說。

「這麼快？」葉涼驚訝地說。

「她施展了風馳電掣，是我教她的。」李靖說。

「那是什麼樣的法術？」陳金海問。

「非常可怕的法術，將自己的能量集中在一處，有如砲彈般把自己的魂魄彈射出去，瞬間就能移動百里以上，後果就是不知身在何處，沒想到，白雁已經可以控制方向跟地點，她的能力遠超過我所知道的所有女巫。」李靖感慨地說。

「她那麼厲害，為什麼當年會死？」陳金海問。

「為了愛，為了保護李雙全。」李靖說。

「我有一個方法，你們聽看看。」陳金海說。

三人討論如何應付白雁，最終有了結論。

「就這麼辦。」李靖說。

「我們這麼做，雖然不夠光明正大，但為了世界的安定，實在不得已。」陳金海說。

「跟她談光明正大？你們是不是腦袋有問題啊？」碧玉突然出現並插嘴。

「我也覺得沒必要，最毒婦人心。」飛雪也在門口站著插話。

「妳怎麼沒有休息？」李靖問。

「你們都不夠了解她，只有我，才知道她的心事。」

「對啊！飛雪跟她同門三百年，當然最了解白雁，我也跟她同門五十年。」碧玉說。

「妳們有什麼想法？」李靖問。

「你們都用男人的想法，當然只有一直追逐，要找到她，要有吸引她的東西。」飛雪說。

「是什麼？」葉涼問。

「愛情跟物質，她對李雙全情深義重，她最喜歡的是這個。」飛雪拿出一顆小小的水晶。

「閃靈鑽？可是當年怎麼會有這東西？」陳金海問。

「這玩意兒，威力強大，也就是白雁成為第一女巫的主要利器，別人吸收了幾天的能量，她只要放在手心裡，片刻就能達成。」

「那為什麼她現在不用？」陳金海問。

「師父說，這顆寶石世上只有一顆，可能她信以為真吧！」

「妳想怎麼做？」李靖問。

「你扮李雙全，出現在閃靈鑽展覽會場上，全球直播。」筱萍也加入討論。

「我？」李靖指著自己的鼻子懷疑的看著筱萍。

「替身已經找好了，像嗎？」小武拿出平板電腦，上面的年輕男子，簡直就是李雙全年輕時的翻版。

「你們要我附身在他身上？」李靖問。

「當然，沒人比你更了解他了。」飛雪說。

貳拾貳：計誘鬼后

一年一度的國際水晶展，林國豪動用了許多關係，說服了主辦單位辦全球直播之外，還讓那個長相幾乎跟李雙全一樣的男人當主持人，白雁想不看到他還真難。展場裡各式各樣的水晶原礦，有超過一公噸的紫晶洞、跟人一樣高的白水晶柱、茶几一樣大的鈦晶原礦、幾十種大型水晶球或玉石球、柱，還有雕工精美的大型水晶雕刻、最近才流行的拉長石發出神秘且誘人的藍色光澤、無數小方塊堆疊而成的福建螢石竟然長得跟金字塔幾乎相同，各種奇怪造型的方解石等等，吸引許多愛好水晶的人士到場參觀。

「各位現場的來賓，以及全世界正在收看的觀眾大家好，歡迎收看今天的全球直播，我是主持人李述全，今天要為大家介紹的是螢幕上這顆水晶，赫基蒙水晶，又稱為閃靈鑽，相傳早在一千多年前，中國唐代的女巫就開始使用它吸收能量，效果非常強大。」白雁在足球場上看到這一幕，便想要會會這個男人，因為他太像李雙全了。

「你好，我可以看看那顆閃靈鑽嗎？」白雁附身在一個年輕貌美的女子身上，她在展場等了很久，終於等到李述全直播結束。

「當然可以，怎麼稱呼？」

「飛雁，不是小燕子的燕，是翅膀很大那種。」

「這是我的名片。」

「李述全？」白雁看著名片嚇了一跳。

「怎麼了？」

「喔！沒有，你讓我想起一個人。」

「原來如此，這樣吧！我請妳吃飯，吃完一起欣賞我收藏的閃靈鑽。」

「你有很多嗎？」

「不多，一袋而已，幾百顆吧？」

白雁邊吃邊深情地看著眼前的男人，完全沒有發現不對勁，李靖則是一肚子怒火，但他壓了下來。

「這裡總共兩百五十顆，妳慢慢看。」李靖把餐桌整理了一下，拿出一整袋的閃靈鑽，一顆顆整齊地擺在桌上。

「為什麼它們都沒有能量？」

「不是沒有能量，是妳的頻率跟它們不合。」

「你能幫我找一顆適合我用的嗎？」

「可以，把妳的手給我。」李靖抓著她的手，白雁的心撲通撲通的跳著，但她很享受這種感覺。

「找到了，不過，它現在不在這裡。」

「在那裡？」

「在我助手身上，她明天才會到這裡。」

「晚上有空嗎？」

「等等的直播完就有空了。」

「好，我在這裡等你。」

「那怎麼好意思？要你等一個小時。」

「多久我都等。」

這句話讓李靖非常不悅，原來飛雪這麼喜歡李雙全。

「好，那我先離開了，等會見。」

白雁點了一杯飲料，獨自坐在那裡，回想著昔日，回想著她與李雙全的甜蜜，彷彿她做的那些壞事都沒發生過一樣，現在的她，只想跟李述全在一起。

「讓妳久等了。」八十分鐘後，相同的位置。

「忙完啦？」

「對啊！」

「可以陪我走走嗎？」

「當然可以。」

「怎麼接觸這一行的？」

「我父親留給我的，他是水晶商人。」

「我懂了。」

「想去那裡走？」

「附近有公園嗎？」

「喜歡吹海風嗎？帶著一點點鹽味的微風。」

「好啊！在那裡？」

「我們開車去。」

白雁在車上，仍不時地看著身旁的李述全。

「怎麼一直看我？風景不美嗎？」

「美啊！可是我...」白雁欲言又止。

「有什麼事就直說吧！」

「我喜歡你。」

「我也喜歡妳啊！」

「真的嗎？」

「當然是真的，否則我怎麼會花這麼多時間陪妳？」

「說的也是，還有多遠？」

「就快到了。」

「怎麼樣？漂亮嗎？」李述全問。

「好藍的天和海水。」白雁的心，忽然平靜下來，只想著愛情，那些瘋狂的行為好像都不是她所為。

「要不要一起游泳？」李述全牽著白雁的手。

「下水？」白雁轉頭用懷疑的眼光看著李述全，兩人的距離非常近，近到隨時可以親吻對方。

「當然，很好玩的。」

「可是衣服會濕掉。」

「穿這個吧！」李述全遞了一套藍色的比基尼泳裝給白雁。

「怎麼穿啊？」

「把衣服脫了，我幫妳穿。」

「好。」白雁背對著她，全身赤裸，李述全體貼地幫她綁好泳裝。

「穿好了，我們去玩水吧！」

風平浪靜的海面，沒有其他的遊客，兩人在淺水區玩起水仗，李靖看到當年那個可愛的白雁了，白雁的眼裡，也是李雙全的樣子，彷彿時光倒流般，他們都找到了舊愛，歡笑的時光，一下子就過了。

「該走了，我們去沖水吧！」李述全說。

「好啊！」春風滿面的白雁主動牽著他的手。

他們進了一間汽車旅館，兩人脫光衣物，在浴缸內聊天。

「你的身材好棒。」

「妳也一樣啊！」

「如果我是個壞事做盡的女人，你還會喜歡我嗎？」

「怎麼可能？妳這麼純真的女孩，怎麼會呢？」

「你沒回答我的問題。」

「我不知道！事情還沒發生，誰也說不準。」

「看著我。」白雁親吻著他，並且讓一切該發生的都發生了，但有一種奇怪的感覺，因為跟他親吻的時候，她想到的是李靖，做愛的時候也是，因為當年李靖就是那麼跟她一起的。

「明天展覽就會結束，我要回東海了。」

「我可以跟你一起去嗎？」

「可以啊！可是我想再玩一次水。」

「好，明天下午陪你玩水。」

天亮了，桌上留了字條跟一疊鈔票：下午兩點來載妳，這附近有餐廳、服飾店，妳應該會需要。白雁醒來的時候，李述全已經在直播，她從電視上看著這個男人，以為可以跟他長相廝守。

貳拾參：魂飛魄散

白色的沙灘上，一樣只有兩個人，白雁今天穿的是粉紅色的比基尼，李述全只穿了一條深藍色的泳褲，兩人手牽手走向溫暖的海水中，沒有浪的海水，是那麼的平靜，但白雁總覺得怪怪的，她的懷疑是對的。

「你到底是誰？為什麼要扮成李雙全的樣子接近我？」白雁忽然變了臉，質問李述全。

「既然被妳發現了，我也沒必要再隱瞞。」李靖現出自己的樣子，白雁嚇了一跳。

「是你？為什麼？」白雁問。

「早知如此，又何必當初呢？妳明知故問。」

「哼！就憑你？」白雁一臉不屑看著李靖。

「妳覺得我會單槍匹馬來嗎？」

「想以多欺少？都出來吧！」

「沒必要激他們，我們會這麼做，都是妳自己造成的。」

「說來說去就是要我消失。」

「話不能這麼說，當年逃出九號公墓，所有人都為善，只有妳，不只大開殺戒，還想永久統治全世界。」

「我野心大錯了嗎？你以前還不是一樣？怎麼？昔日殺人無數的劊子手放下屠刀，就馬上可以立地成佛了？你未免太天真了吧？」白雁的一席話也不無道理，但已經太遲。

「跟她囉嗦什麼？還不動手？還想像昨天一樣憐香惜玉？」飛雪醋勁十足的酸了李靖。

「哈～～～揮軍北上。」白雁忽然一道黃光打向飛雪。

「化。」葉涼從天而降，一道氣牆擋住了黃光。

「你也來了？還有誰？快出來吧！」白雁大聲咆哮著，陳金海、秋菊、小武、筱萍、碧玉、九五幻術會成員紛紛出現，將白雁團團圍住，而海灘竟然變成一望無際的草原，淺綠色的草原跟藍天白雲，景色非常怡人，但即將成為戰場。

「全都到齊了，看來，今天你們非要我魂飛魄散不可。」

「乖乖就擒吧！說不定天庭會給妳將功贖罪的機會。」李靖還是不放棄勸她。

「算了吧！要我再忍受千年的苦修，我不是那塊料，動手吧！」就在此時，九五幻術會成員已經圍成兩個圓圈，外圍八十一人，內部九人，再來是陳金海、秋菊、小武、筱萍四人，而李靖、葉涼、飛雪、碧玉在最內圈，白雁獨自一人，她自知劫數難逃，看起來像是要放棄反抗，突然間，她聚集了所有能量，想要再度使用風馳電掣，不過被葉涼看穿，趕在她逃跑之前，用一道白色的半球形能量罩把最內兩圈的九人罩住，白雁選了能量最少的秋菊，打算從她的身邊穿過，可惜為時已晚，她撞上能量罩之後，倒在地上，但隨即爬起來，並對秋菊動手。

「魂飛魄散！」白雁使出極端的法術擊中秋菊，但秋菊並沒有反應，因為那只是幻影，事實上，白色能量罩裡面只有白雁，其他的都是幻影。大部分的人都結了不同的手印，來維持能量罩不被白雁突破，能量最強的八人，則是嚴陣以待，白雁發了狂似的，使出各種法術都無法突破，終於她要使出最後一招。

「同歸於盡。」無數的淺黃色細絲，從半球形中央穿過能量罩並擊破了罩，但此時白雁能量用盡，瞬間變成一個滿臉皺紋的老人。

「魂飛魄散，去。」陳金海見機不可失，立即出手，欲將白雁的魂魄打散。

「且慢！」李靖忽然擋住了法術，並抱住白雁。

「妳這是何苦呢？」李靖雖然也想讓白雁消失，但兩人畢竟曾經有過一段情。

「能死在你的懷裡，我也甘心了。」白雁看著近在眼前的李靖，說出了真心話。

「妳為什麼這麼傻，做了那麼多傻事。」

「現在說這些都太遲了。」

「是為了幫雙全報仇嗎？」

「那只是一部分，我只是嫉妒飛雪，她可以得到你的真心，我卻只得到你的衝動。」

「妳那麼愛我？」

「由愛生恨，一步錯，步步錯。」

「現在後悔還來得及。」

「不了，我害死這麼多人，要怎麼贖罪？」

「只要妳願意，我會向天庭求情的。」

「有你這句話就夠了，我不求被原諒。」

「傻瓜！」

「你有沒有想過，萬一那個瘋狂的我統治了世界會怎樣？人間會變成煉獄的。」

「還好妳沒有成功。」

「我有話想問你。」

「妳說吧！」

「除了一時衝動，你有沒有愛過我？」

「傻丫頭，沒有愛過妳的話，我現在會抱著妳嗎？」

「真心話？」白雁的精神越來越糟，她隨時會消失。

「當然是真心話。」

「我快不行了，送我一程吧！我想要死在你手裡。」

「沒有別的遺言了？」

白雁已經沒有力氣說話，只是搖頭。

「好，我成全妳。」

「動手吧！我已經油盡燈枯，用完最後的能量了。」白雁用盡所有力氣說完最後幾個字，李靖眼裡泛著淚光起身，一條刺眼的金色捆仙索將白雁的魂魄緊緊套住，並飄浮在空中，從腳到頭十多圈，這些圈圈越來越小，直到白雁完全消失，捆仙索也化成無數個小金點，逐漸消失在眾人眼中。

「結束了，你們可以不必結手印了。」陳金海對九五幻術會的人大聲說，不過，內圈的九個人卻沒有反應。

「他們已經能量耗盡，回天乏術了。」葉涼說。

「沒有辦法了嗎？」陳金海無望地看著他們。

「他們求仁得仁，你又何必替他們惋惜呢？」觀世音菩薩突然騎著一條青龍出現在空中。

「可是，他們犧牲了。」陳金海說。

「陳金海，這是他們的選擇，為了白雁的事，他們早有犧牲的準備，玉皇大帝已經核准他們名列仙班，可以永世得到人間的膜拜，這樣你滿意了嗎？」

「謝觀世音菩薩。」陳金海說。

「葉涼，你等眾人宅心仁厚，足堪保護人間，我現在奉玉皇大帝之命，讓你們擁有神力，並得以永生，直到你們想放棄，或是為禍人間時，神力將自動消失，生命也將同時消逝，切記。」觀世音菩薩說完便緩緩升空離去。

「恭送觀世音菩薩。」眾人抬頭望著越來越小的觀世音菩薩，直到消失。

貳拾肆：再遊鬼地

葉涼騎著白色重機，獨自來到九號公墓，他走到飛雪的墓前，放了一把飛雪最愛的鮮花，癡癡地凝視著墓碑上的照片許久。

「這麼做太不健康了。」陳金海出現他身旁。

「你怎麼也來了？」葉涼微笑地看著他。

「你以為只有你思念飛雪嗎？我身體裡的另一個靈魂，也一天到晚吵著要來看飛雪。」陳金海指著自己的腦袋。

「我以為他已經對飛雪沒有感覺了。」

「本來我也以為是這樣，可是，就在昨天，白雁灰飛煙滅的那一刻，他忽然清醒了。」

「所以，你要把身體還給他？」

「不止是我，還有秋菊，我們都借用了別人的身體太久了，該還給人家了。」

「沒有肉身，你們打算怎麼辦？」

「美國那邊有那麼多沒有靈魂的肉身，不愁。」

「當洋鬼子，好嗎？」

「我已經習慣用別人的身體了，沒什麼好不好的。」

「碧玉呢？」

「她喜歡自由自在，就隨她去吧！」

「你不擔心她會做怪？」

「如果真是如此，我必定親手滅了她。」

「你想滅了誰？」碧玉突然出現在兩人正中間。

「沒有。」陳金海心虛地說。

「我都聽到了，我好傷心喔。」碧玉說。

「妳不做怪的話，他才捨不得傷害妳。」葉涼說。

「我才沒那麼無聊，好好的日子不過，要跟全世界為敵。」

「你聽到了沒，碧玉才不會那麼傻。」陳金海說。

「既然已經永生，有什麼打算？」葉涼問。

「我準備跟九五幻術會周遊列國，把各地的冤魂全都超渡，讓他們早日解脫。」

「不如，你們先從白雁留下的爛攤子開始解決。」

「也對，這些就夠讓人頭痛了。」

「讓我一個人靜靜吧！」

「保重！碧玉，走吧！」

葉涼一個人獨自坐在飛雪的墓前，時間開始倒流，從今生、前世，一直到五百世之前，最終他看到了飛雪，也看到了白雁、碧玉、李靖、李雙全。

那是一個非常特別的地方，所有的房子都是金字塔型，共有一百零八個金字塔屋，空間都不大，最大的只有五坪左右，最小的約兩坪，居民都是女人，有些坐在屋內打坐，閉目冥想，有些在練習手勢，應該是某種法術。

「將軍大駕光臨女巫村，不知所為何事。」一個中年女人問。

「剛剛那個白衣女子是妳們的一員嗎？」李靖穿著軍服問。

「飛雪，出來跟將軍聊聊天，我要去忙了。」那女人似乎有意讓飛雪接近他。

「將軍找我？」飛雪靦腆地看著李靖。

「正是。」李靖一眼就喜歡上她，目不轉睛地。

「有什麼事嗎？」

「奉皇上之命，挑選五名頂尖的女巫，幫忙國事。」

「這我可做不了主．要問師父。」

「剛剛那位嗎？」

「她只是師姊．我帶你去見師父。」

但時間突然回到現實．葉涼無法繼續看到畫面．飛雪竟然出現他眼前

「還不回家？要坐在這裡多久？」

「發生什麼事了？」葉涼愣了一下。

「照顧小孩啊！生了不用養嗎？」

-完-

後記

第三部曲也就是這一本，寫了三分之一的時候，我的父親因為開刀必須住院，而我也在醫院待了足足十天，那十天，我趁父親沉睡的時候，用中性筆在稿紙上寫了兩部短篇的草稿，一部是愛情，一部是恐怖，各用了十二張稿紙，在父親出院之後，我竟然完全無法回到這本書裡，所以，我就先把那兩部短篇完成電子檔，接著我就當機，連續了一週都寫不出任何一個字，非常糟糕的經驗，雖然以前也發生過類似的狀況。

後來我只好把前面兩部，外加第三部的前三分之一從頭到尾看了四遍，這才讓我逐漸把情緒回到書裡，或許寫的速度不如預期，但也只好如此，終於，我把自己變成白雁，才讓劇情順利銜接，完成了第三部曲，但也在寫完之後花了不少時間，才讓自己的情緒回復正常，我用了一個比較極端的方法，看電影，因為一連串的原因，我錯過了首輪的復仇者聯盟第四集，所以，我在二輪的電影院裡，連續看了兩次這部精彩的電影，看完之後，卻發現自己還是無法回到現實，整個人還是在想著核彈風暴那段可怕的畫面。

寫不出來，就去中正露營區拍拍昆蟲，散散心吧！一年多沒有到這裡拍蟲，有些陌生了，但它們還是會出現在應該出現的位置，年復一年，只要它們喜歡的植物還在，那些植物被連根拔起，重新規劃的區域就沒什麼昆蟲了，至少要等一陣子了，從停車場走到吊橋，花了一個多小時，那是因為我邊走邊找昆蟲，小到看不到的螞蟻，大到飛舞的鳳蝶都是我的目標，看到它們能夠在同一區域生生不息的繁衍下去，心裡的那種愉悅很難形容，是感動？還是激動？總之，來這裡運動，順便轉換心情，只可惜沒有成功，我還是繼續當機，那就繼續玩吧！

於是我騎了一百分鐘的機車，到苗栗縣後龍的水尾，趁著退潮，從堤防走向沙灘，並在黑色的沙灘上留下許多凌亂的足跡，還大聲呼叫那個我最深愛女孩的名字，並大聲說我愛妳！妳在那裡？妳好嗎？雖然我知道她不會再回來了，可是她卻一直住在我的心裡，偶爾就會擾動我的心，原來，癡情是這麼痛苦，可是我無法擺脫那段傷痛，於是我只能選擇逃避。有人說，雙子座適合在酒吧裡忘掉過去，但那對我來說是行不通的，因為我喝不醉，我知道，即使我的身體已經醉了，但頭腦還是非常清醒，非常清醒。今天是我喜歡上這個女孩三十週年的日子，我還記得她甜美的笑容、歌聲，那些甜蜜的往事，還有許多事都好像昨天才發生，果然是酒越喝越清醒，我想醉卻無法如願。

怎麼辦呢？回家用電腦再看一部電影好了，周杰倫的不能說的秘密還不錯，他讓我想起我跟學妹之間的事，桂綸美的笑容跟學妹很像，劇中的髮型、對白、個性也像，而我跟她也有一段腳踏車上的戀情，非常甜蜜的年輕時光，但很短暫，只有短短三個月不到，我不怨她離開我，畢竟我跟她之間有太多的問題難以解決，甚至可以說無法解決，電影我只看了大約一半，就坐在電腦前，半醉的狀態下寫下這段後記，然後繼續看完電影的後半段，這是我第五次完整的看完這部電影，每次看到桂綸美側面的樣子，就會想起學妹，原來愛情的威力真的可以延續很久，超過三十年前的戀情，卻彷彿在昨日才發生，這也是我把白雁安排死在李靖懷裡的主因，被愛所困的靈魂，是非常寂寞空虛的，他們要的，只是心上人的擁抱與關懷，不是嗎！？

至於我要如何才能完全抽離白雁的壞，那是天亮以後的事了，也許看個笑話，也許在麥當勞二樓喝杯冰咖啡，也許吃兩份蘑菇豬排就正常了，就在此刻，我的眼睛已經開始跟我抗議，準備要罷工了，這也表示這段後記該劃下句點了，不論發生了什麼事？明天還是會繼續！地球不會因為任何人而停止轉動，不是嗎！？所以，悲傷是一天，快樂也是一天，沒有什麼是過不去的，對吧！所以我決定趁我的眼睛無法運作下去之前．趕緊結束這三部曲的後記．明天起．該是寫另一部小說的時刻了．早點睡．才有精神寫！

藍色水銀

國家圖書館出版品預行編目資料

逃出九號公墓 III－全面獵殺／藍色水銀　著.—初版.—
臺中市：天空數位圖書　2021.3
面：公分
ISBN：978-986-5575-28-1（平裝）

863.57　　110004707

發　行　人：蔡秀美
出　版　者：天空數位圖書有限公司
作　　　者：藍色水銀
編　　　審：璞臻有限公司
製作公司：知峰有限公司
版面編輯：採編組
美工設計：設計組
出版日期：2021 年 03 月（初版）
銀行名稱：合作金庫銀行南台中分行
銀行帳戶：天空數位圖書有限公司
銀行帳號：006-1070717811498
郵政帳戶：天空數位圖書有限公司
劃撥帳號：22670142
定　　　價：新台幣 300 元整
電子書發明專利第　I　306564 號

※　如有缺頁、破損等請寄回更換

紙本書編輯印刷：
電子書編輯製作：
天空數位圖書公司
E-mail：familysky@familysky.com.tw　http://www.familysky.com.tw/
地址：40255台中市南區忠明南路787號30F國王大樓　Tel：04-22623893　Fax：04-22623863